山田社
日檢書

ここまでやる、だから合格できる　竭盡所能，所以絕對合格

絕對合格全攻略！

新制日檢

必背
かならず
あんしょう

かならずでる
必出

聽力

N5

吉松由美・西村惠子・田中陽子
山田社日檢題庫小組

◉合著

U0080212

前言
Preface

《合格班日檢聽力 N5—逐步解說＆攻略問題集》精心出版較小的 25 開本，方便放入包包，以便利用等公車、坐捷運、喝咖啡，或是等人的時間，走到哪，學到哪，一點一滴增進日語力，無壓力通過新制日檢！

愛因斯坦說「人的差異就在業餘時間」，業餘時間生產著人才。

從現在開始，每天日語進步一點點，可別小看日復一日的微小累積，它可以水滴石穿，讓您從 N5 到 N1 都一次考上。

多懂一種語言，就多發現一個世界，
多一份能力，多一份大大的薪水！

還有適合 25 開本的全新漂亮版型，好設計可以讓您全神貫注於內文，更能一眼就看到重點！

- N5 最終秘密武器，一舉攻下聽力測驗！
- 日中對照翻譯，迅速吸收，學習零死角！
- 詳盡解題＋戰略指導，快速完勝取證！
- 精選必考單字文法，建構全方位技能！
- 教您如何 100% 掌握考試技巧，突破自我極限！

面對聽力您是否總是毫無把握，只能猜題？
還是沮喪的離開考場，為半年後的戰役做準備？
不要再浪費時間啦！就靠攻略聰明取勝吧！

讓我們為您披上戰袍，教您如何快速攻下日檢聽力！
讓這本書成為您的秘密武器，一舉攻下日檢證照！
多一份大大的薪水！

100% 充足
題型完全掌握

新日檢N5聽力測驗共有4大主題：理解課題、理解重點、發言表達、即時回應。本書籍依照新日檢官方出題模式，完整收錄148題模擬試題，並把題型加深加廣。100%充足您所需要的練習，短時間內有效提升實力！

為了掌握最新出題趨勢，《絕對合格 全攻略！新制日檢 N5 必背必出聽力》特別邀請多位金牌日籍教師，在日本長年持續追蹤新日檢出題內容，分析並比對近 10 年新、舊制的日檢 N5 聽力出題頻率最高的題型、場景、慣用語、寒暄語…等。同時，特別聘請專業日籍老師錄製符合 N5 程度的標準東京腔光碟，不管日檢考試變得多刁鑽，掌握了原理原則，就能 100% 準確命中考題，直搗聽力核心！

100% 準確
命中精準度高

100% 攻略
4大題型
各個擊破

本書依照 N5 考試的 4 大題型分類編排，讓讀者能集中練習並熟透每種題型。而在每個題型開始前，本書將給予讀者們不同的攻略指南，完全針對日檢題型分析，讀完即刻應用，聰明過關。

專欄1 ## 破解 12 種出題方向，練方向感穩住就贏

所有題目開始前，幫您將考題歸類出 12 種出題方式，指引您破題需掌握的重點關鍵字和問題重點，並培養聽到問句就能猜測考題方向的能力。不論題目是要問時間、地點、人物還是順序，都能從容不迫的掌握關鍵對話，穩拿高分。

專欄2 ## 邊聽邊做筆記法，高分馬上到手

面對需要聆聽一段簡短對話，並從整段對話中推敲答案的題型，本書將告訴您一邊聆聽一邊做筆記的秘訣，讓作筆記變得更加清晰有系統，減少考試中的慌亂。把握重點不漏聽，答案自然呼之欲出，高分馬上到手。

專欄3 ## 生活短對話熱身補給，立即備戰

N5 聽力的第 3 題將針對日常生活中的對話應答，測驗考生什麼情境，該說什麼話？在此我們將用生活對話幫您熱身補給，預作心理準備，並提升表現，助您立即進入備戰狀態！

專欄4 ## 充實常用句型，加快作答的速度

問題 4 讀者則必須聆聽日文問句，並選擇適當的回應方式，在此將補充常見問句及回應的句型，事先熟悉考題，以加快作答的速度，考試就能迎刃而解！

100% 有效
翻譯＋題解
全面教授

本書模擬考題皆附日中對照翻譯，任何不懂的地方一秒就懂，而藉由兩種語言對照閱讀，可一舉數得，增加您的理解力及翻譯力，詳細題解。此外，本書還會為您分析該題的破解小技巧，並了解如何攻略重點，對症下藥，快速解題。100% 有效的重點式攻擊，立馬 K.O 聽力怪獸！

聽力測驗中，掌握單字和文法往往都是解題的關鍵，因此本書從考題中精心挑選 N5 單字和文法，方便讀者對照並延伸學習，並於書末附上 N5 最常考的必背單字列表，學習最全面！另建議搭配《絕對合格！新制日檢 必勝 N4,N5 情境分類單字》和《精修版新制對應絕對合格！日檢必背文法 N5》，建構腦中的 N5 單字、文法資料庫，學習效果包準 100% 滿意！

100% 滿意
單字、文法
一把抓

目錄
contents

JLPT

一、什麼是新日本語能力試驗呢

1. 新制「日語能力測驗」

從2010年起實施的新制「日語能力測驗」（以下簡稱為新制測驗）。

1－1　實施對象與目的

　　　新制測驗與舊制測驗相同，原則上，實施對象為非以日語作為母語者。其目的在於，為廣泛階層的學習與使用日語者舉行測驗，以及認證其日語能力。

1－2　改制的重點

改制的重點有以下四項：

　1　測驗解決各種問題所需的語言溝通能力

　　新制測驗重視的是結合日語的相關知識，以及實際活用的日語能力。因此，擬針對以下兩項舉行測驗：一是文字、語彙、文法這三項語言知識；二是活用這些語言知識解決各種溝通問題的能力。

　2　由四個級數增為五個級數

　　新制測驗由舊制測驗的四個級數（1級、2級、3級、4級），增加為五個級數（N1、N2、N3、N4、N5）。新制測驗與舊制測驗的級數對照，如下所示。最大的不同是在舊制測驗的2級與3級之間，新增了N3級數。

N1	難易度比舊制測驗的1級稍難。合格基準與舊制測驗幾乎相同。
N2	難易度與舊制測驗的2級幾乎相同。
N3	難易度介於舊制測驗的2級與3級之間。（新增）
N4	難易度與舊制測驗的3級幾乎相同。
N5	難易度與舊制測驗的4級幾乎相同。

＊「N」代表「Nihongo（日語）」以及「New（新的）」。

3 施行「得分等化」

由於在不同時期實施的測驗，其試題均不相同，無論如何慎重出題，每次測驗的難易度總會有或多或少的差異。因此在新制測驗中，導入「等化」的計分方式後，便能將不同時期的測驗分數，於共同量尺上相互比較。因此，無論是在什麼時候接受測驗，只要是相同級數的測驗，其得分均可予以比較。目前全球幾種主要的語言測驗，均廣泛採用這種「得分等化」的計分方式。

4 提供「日本語能力試驗Can-do自我評量表」（簡稱JLPT Can-do）

為了瞭解通過各級數測驗者的實際日語能力，新制測驗經過調查後，提供「日本語能力試驗Can-do自我評量表」。該表列載通過測驗認證者的實際日語能力範例。希望通過測驗認證者本人以及其他人，皆可藉由該表格，更加具體明瞭測驗成績代表的意義。

1－3 所謂「解決各種問題所需的語言溝通能力」

我們在生活中會面對各式各樣的「問題」。例如，「看著地圖前往目的地」或是「讀著說明書使用電器用品」等等。種種問題有時需要語言的協助，有時候不需要。

為了順利完成需要語言協助的問題，我們必須具備「語言知識」，例如文字、發音、語彙的相關知識、組合語詞成為文章段落的文法知識、判斷串連文句的順序以便清楚說明的知識等等。此外，亦必須能配合當前的問題，擁有實際運用自己所具備的語言知識的能力。

舉個例子，我們來想一想關於「聽了氣象預報以後，得知東京明天的天氣」這個課題。想要「知道東京明天的天氣」，必須具備以下的知識：「晴れ（晴天）、くもり（陰天）、雨（雨天）」等代表天氣的語彙；「東京は明日は晴れでしょう（東京明日應是晴天）」的文句結構；還有，也要知道氣象預報的播報順序等。除此以外，尚須能從播報的各地氣象中，分辨出哪一則是東京的天氣。

如上所述的「運用包含文字、語彙、文法的語言知識做語言溝通，進而具備解決各種問題所需的語言溝通能力」，在新制測驗中稱為「解決各種問題所需的語言溝通能力」。

新制測驗將「解決各種問題所需的語言溝通能力」分成以下「語言知識」、「讀解」、「聽解」等三個項目做測驗。

語言知識	各種問題所需之日語的文字、語彙、文法的相關知識。
讀　解	運用語言知識以理解文字內容，具備解決各種問題所需的能力。
聽　解	運用語言知識以理解口語內容，具備解決各種問題所需的能力。

作答方式與舊制測驗相同，將多重選項的答案劃記於答案卡上。此外，並沒有直接測驗口語或書寫能力的科目。

2. 認證基準

新制測驗共分為N1、N2、N3、N4、N5五個級數。最容易的級數為N5，最困難的級數為N1。

與舊制測驗最大的不同，在於由四個級數增加為五個級數。以往有許多通過3級認證者常抱怨「遲遲無法取得2級認證」。為因應這種情況，於舊制測驗的2級與3級之間，新增了N3級數。

新制測驗級數的認證基準，如表1的「讀」與「聽」的語言動作所示。該表雖未明載，但應試者也必須具備為表現各語言動作所需的語言知識。

N4與N2主要是測驗應試者在教室習得的基礎日語的理解程度；N1與N2是測驗應試者於現實生活的廣泛情境下，對日語理解程度；至於新增的N3，則是介於N1與N2，以及N4與N5之間的「過渡」級數。關於各級數的「讀」與「聽」的具體題材（內容），請參照表1。

■ 表1 新「日語能力測驗」認證基準

	級數	認證基準 各級數的認證基準,如以下【讀】與【聽】的語言動作所示。各級數亦必須具備為表現各語言動作所需的語言知識。
困難 ＊	N1	能理解在廣泛情境下所使用的日語 【讀】・可閱讀話題廣泛的報紙社論與評論等論述性較複雜及較抽象的文章,且能理解其文章結構與內容。 ・可閱讀各種話題內容較具深度的讀物,且能理解其脈絡及詳細的表達意涵。 【聽】・在廣泛情境下,可聽懂常速且連貫的對話、新聞報導及講課,且能充分理解話題走向、內容、人物關係、以及說話內容的論述結構等,並確實掌握其大意。
	N2	除日常生活所使用的日語之外,也能大致理解較廣泛情境下的日語 【讀】・可看懂報紙與雜誌所刊載的各類報導、解說、簡易評論等主旨明確的文章。 ・可閱讀一般話題的讀物,並能理解其脈絡及表達意涵。 【聽】・除日常生活情境外,在大部分的情境下,可聽懂接近常速且連貫的對話與新聞報導,亦能理解其話題走向、內容、以及人物關係,並可掌握其大意。
	N3	能大致理解日常生活所使用的日語 【讀】・可看懂與日常生活相關的具體內容的文章。 ・可由報紙標題等,掌握概要的資訊。 ・於日常生活情境下接觸難度稍高的文章,經換個方式敘述,即可理解其大意。 【聽】・在日常生活情境下,面對稍微接近常速且連貫的對話,經彙整談話的具體內容與人物關係等資訊後,即可大致理解。
＊ 容易	N4	能理解基礎日語 【讀】・可看懂以基本語彙及漢字描述的貼近日常生活相關話題的文章。 【聽】・可大致聽懂速度較慢的日常會話。
	N5	能大致理解基礎日語 【讀】・可看懂以平假名、片假名或一般日常生活使用的基本漢字所書寫的固定詞句、短文、以及文章。 【聽】・在課堂上或周遭等日常生活中常接觸的情境下,如為速度較慢的簡短對話,可從中聽取必要資訊。

＊N1最難,N5最簡單。

3. 測驗科目

新制測驗的測驗科目與測驗時間如表2所示。

■ 表2　測驗科目與測驗時間 ＊①

級數	測驗科目 （測驗時間）				
N1	語言知識（文字、語彙、文法）、讀解 （110分）		聽解 （60分）	→	測驗科目為「語言知識（文字、語彙、文法）、讀解」；以及「聽解」共2科目。
N2	語言知識（文字、語彙、文法）、讀解 （105分）		聽解 （50分）	→	
N3	語言知識 （文字、語彙） （30分）	語言知識 （文法）、讀解 （70分）	聽解 （40分）	→	測驗科目為「語言知識（文字、語彙）」；「語言知識（文法）、讀解」；以及「聽解」共3科目。
N4	語言知識 （文字、語彙） （30分）	語言知識 （文法）、讀解 （60分）	聽解 （35分）	→	
N5	語言知識 （文字、語彙） （25分）	語言知識 （文法）、讀解 （50分）	聽解 （30分）	→	

　　N1與N2的測驗科目為「語言知識（文字、語彙、文法）、讀解」以及「聽解」共2科目；N3、N4、N5的測驗科目為「語言知識（文字、語彙）」、「語言知識（文法）、讀解」、「聽解」共3科目。

　　由於N3、N4、N5的試題中，包含較少的漢字、語彙、以及文法項目，因此當與N1、N2測驗相同的「語言知識（文字、語彙、文法）、讀解」科目時，有時會使某幾道試題成為其他題目的提示。為避免這個情況，因此將「語言知識（文字、語彙、文法）、讀解」，分成「語言知識（文字、語彙）」和「語言知識（文法）、讀解」施測。

＊①：聽解因測驗試題的錄音長度不同，致使測驗時間會有些許差異。

4. 測驗成績

4－1　量尺得分

　　舊制測驗的得分，答對的題數以「原始得分」呈現；相對的，新制測驗的得分以「量尺得分」呈現。

　　「量尺得分」是經過「等化」轉換後所得的分數。以下，本手冊將新制測驗的「量尺得分」，簡稱為「得分」。

4－2　測驗成績的呈現

　　新制測驗的測驗成績，如表3的計分科目所示。N1、N2、N3的計分科目分為「語言知識（文字、語彙、文法）」、「讀解」、以及「聽解」3項；N4、N5的計分科目分為「語言知識（文字、語彙、文法）、讀解」以及「聽解」2項。

　　會將N4、N5的「語言知識（文字、語彙、文法）」和「讀解」合併成一項，是因為在學習日語的基礎階段，「語言知識」與「讀解」方面的重疊性高，所以將「語言知識」與「讀解」合併計分，比較符合學習者於該階段的日語能力特徵。

■ 表3　各級數的計分科目及得分範圍

級數	計分科目	得分範圍
N1	語言知識（文字、語彙、文法）	0～60
	讀解	0～60
	聽解	0～60
	總分	0～180
N2	語言知識（文字、語彙、文法）	0～60
	讀解	0～60
	聽解	0～60
	總分	0～180

N3	語言知識（文字、語彙、文法）	0～60
	讀解	0～60
	聽解	0～60
	總分	0～180
N4	語言知識（文字、語彙、文法）、讀解	0～120
	聽解	0～60
	總分	0～180
N5	語言知識（文字、語彙、文法）、讀解	0～120
	聽解	0～60
	總分	0～180

　　各級數的得分範圍，如表3所示。N1、N2、N3的「語言知識（文字、語彙、文法）」、「讀解」、「聽解」的得分範圍各為0～60分，三項合計的總分範圍是0～180分。「語言知識（文字、語彙、文法）」、「讀解」、「聽解」各占總分的比例是1：1：1。

　　N4、N5的「語言知識（文字、語彙、文法）、讀解」的得分範圍為0～120分，「聽解」的得分範圍為0～60分，二項合計的總分範圍是0～180分。「語言知識（文字、語彙、文法）、讀解」與「聽解」各占總分的比例是2：1。還有，「語言知識（文字、語彙、文法）、讀解」的得分，不能拆解成「語言知識（文字、語彙、文法）」與「讀解」二項。

　　除此之外，在所有的級數中，「聽解」均占總分的三分之一，較舊制測驗的四分之一為高。

4－3　合格基準

　　舊制測驗是以總分作為合格基準；相對的，新制測驗是以總分與分項成績的門檻二者作為合格基準。所謂的門檻，是指各分項成績至少必須高於該分數。假如有一科分項成績未達門檻，無論總分有多高，都不合格。

新制測驗設定各分項成績門檻的目的，在於綜合評定學習者的日語能力，須符合以下二項條件才能判定為合格：①總分達合格分數（＝通過標準）以上；②各分項成績達各分項合格分數（＝通過門檻）以上。如有一科分項成績未達門檻，無論總分多高，也會判定為不合格。

N1～N3及N4、N5之分項成績有所不同，各級總分通過標準及各分項成績通過門檻如下所示：

級數	總分		分項成績					
			言語知識 （文字・語彙・文法）		讀解		聽解	
	得分範圍	通過標準	得分範圍	通過門檻	得分範圍	通過門檻	得分範圍	通過門檻
N1	0～180分	100分	0～60分	19分	0～60分	19分	0～60分	19分
N2	0～180分	90分	0～60分	19分	0～60分	19分	0～60分	19分
N3	0～180分	95分	0～60分	19分	0～60分	19分	0～60分	19分

級數	總分		分項成績			
			言語知識 （文字・語彙・文法）・讀解		聽解	
	得分範圍	通過標準	得分範圍	通過門檻	得分範圍	通過門檻
N4	0～180分	90分	0～120分	38分	0～60分	19分
N5	0～180分	80分	0～120分	38分	0～60分	19分

※上列通過標準自2010年第1回(7月)【N4、N5為2010年第2回(12月)】起適用。

缺考其中任一測驗科目者，即判定為不合格。寄發「合否結果通知書」時，含已應考之測驗科目在內，成績均不計分亦不告知。

4－4 測驗結果通知

依級數判定是否合格後，寄發「合否結果通知書」予應試者；合格者同時寄發「日本語能力認定書」。

■ N1, N2, N3

とくてん く ぶんべつとくてん 得点区分別得点 Scores by Scoring Section			そうごうとくてん 総合得点 Total Score
げんごちしき もじ ごい ぶんぽう 言語知識（文字・語彙・文法） Language Knowledge(Vocabulary/ Grammar)	どっかい 読解 Reading	ちょうかい 聴解 Listening	
50 / 60	30 / 60	40 / 60	120 / 180

↓

さんこうじょうほう 参考情報 ReferenceInformation	
もじ ごい 文字・語彙 Vocabulary	ぶんぽう 文法 Grammar
A	B

■ N4, N5

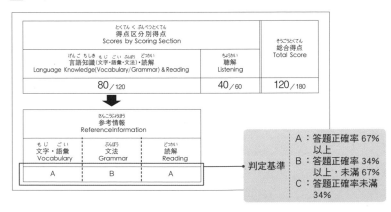

とくてん く ぶんべつとくてん 得点区分別得点 Scores by Scoring Section		そうごうとくてん 総合得点 Total Score
げんごちしき もじ ごい ぶんぽう どっかい 言語知識(文字・語彙・文法)・読解 Language Knowledge(Vocabulary/Grammar) & Reading	ちょうかい 聴解 Listening	
80 / 120	40 / 60	120 / 180

さんこうじょうほう 参考情報 ReferenceInformation		
もじ ごい 文字・語彙 Vocabulary	ぶんぽう 文法 Grammar	どっかい 読解 Reading
A	B	A

判定基準

A：答題正確率 67% 以上
B：答題正確率 34% 以上，未滿 67%
C：答題正確率未滿 34%

※ 各節測驗如有一節缺考就不予計分，即判定為不合格。雖會寄發「合否結果通知書」但所有分項成績，含已出席科目在內，均不予計分。各欄成績以「＊」表示，如「＊＊／60」。
※ 所有科目皆缺席者，不寄發「合否結果通知書」。

N5 題型分析

測驗科目 （測驗時間）			試題內容		
			題型	小題 題數 *	分析
語言知識 （25分）	文字、語彙	1	漢字讀音 ◇	12	測驗漢字語彙的讀音。
		2	假名漢字寫法 ◇	8	測驗平假名語彙的漢字及片假名的寫法。
		3	選擇文脈語彙 ◇	10	測驗根據文脈選擇適切語彙。
		4	替換類義詞 ○	5	測驗根據試題的語彙或說法，選擇類義詞或類義說法。
語言知識、讀解 （50分）	文法	1	文句的文法1 （文法形式判斷） ○	16	測驗辨別哪種文法形式符合文句內容。
		2	文句的文法2 （文句組構） ◆	5	測驗是否能夠組織文法正確且文義通順的句子。
		3	文章段落的文法 ◆	5	測驗辨別該文句有無符合文脈。
	讀解 *	4	理解內容 （短文） ○	3	於讀完包含學習、生活、工作相關話題或情境等，約80字左右的撰寫平易的文章段落之後，測驗是否能夠理解其內容。
		5	理解內容 （中文） ○	2	於讀完包含以日常話題或情境為題材等，約250字左右的撰寫平易的文章段落之後，測驗是否能夠理解其內容。
		6	彙整資訊 ◆	1	測驗是否能夠從介紹或通知等，約250字左右的撰寫資訊題材中，找出所需的訊息。
聽解 （30分）		1	理解問題 ◇	7	於聽取完整的會話段落之後，測驗是否能夠理解其內容（於聽完解決問題所需的具體訊息之後，測驗是否能夠理解應當採取的下一個適切步驟）。
		2	理解重點 ◇	6	於聽取完整的會話段落之後，測驗是否能夠理解其內容（依據剛才已聽過的提示，測驗是否能夠抓住應當聽取的重點）。
		3	適切話語 ◆	5	測驗一面看圖示，一面聽取情境說明時，是否能夠選擇適切的話語。
		4	即時應答 ◆	6	測驗於聽完簡短的詢問之後，是否能夠選擇適切的應答。

＊「小題題數」為每次測驗的約略題數，與實際測驗時的題數可能未盡相同。
此外，亦有可能會變更小題題數。

＊ 有時在「讀解」科目中，同一段文章可能會有數道小題。

＊ 符號標示：「◆」舊制測驗沒有出現過的嶄新題型；「◇」沿襲舊制測驗的題型，但是更動部分形式；「○」與舊制測驗一樣的題型。

資料來源：《日本語能力試驗JLPT官方網站：分項成績・合格判定・合否結果通知》。
2016年1月11日，取自：http://www.jlpt.jp/tw/guideline/results.html

N5 本書使用說明

試題＆解題

以4～6題為一個單位，測驗完再看解題。並記錄錯題數，找到自己的弱項再多聽幾次！

- 錯題數
- 題型說明
- 題目
- 填寫答案
- 解題關鍵與音軌
- 題目與中譯
- 單字
- 答案
- 攻略要點

專欄

專欄①：破解 12 種出題方向

❶ 破題關鍵和問題重點
❷ 常見問答句，猜測考題方向

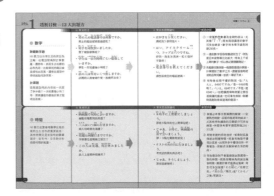

專欄②：邊聽邊做筆記法

❶ 做筆記的 6 大技巧
❷ 問題一、二筆記法大
　公開

題目 ●········

選項 ●········

筆記 ●········

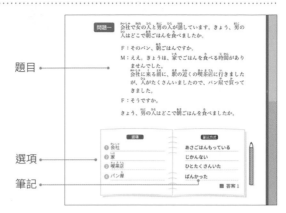

專欄③：生活短對話

日常生活中的
對話應答 ●········

專欄④：充實常用句型

常用句型 ●········

補充常見問句
及回應 ●········

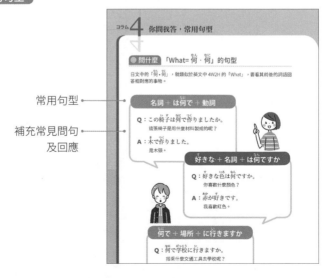

JLPT•Reading

日本語能力試驗 試題開始

測驗前，請模擬演練，參考試前說明。測驗
時間 30 分鐘！

解答用紙

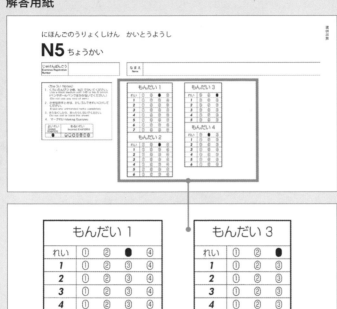

N5

<ruby>聴解<rt>ちょうかい</rt></ruby>

(30<ruby>分<rt>ぷん</rt></ruby>)

<ruby>注<rt>ちゅう</rt></ruby>　<ruby>意<rt>い</rt></ruby>

Notes

1. <ruby>試験<rt>しけん</rt></ruby>が<ruby>始<rt>はじ</rt></ruby>まるまで、この<ruby>問題用紙<rt>もんだいようし</rt></ruby>を<ruby>開<rt>あ</rt></ruby>けないでください。

   Do not open this question booklet until the test begins.

2. この<ruby>問題用紙<rt>もんだいようし</rt></ruby>を<ruby>持<rt>も</rt></ruby>って<ruby>帰<rt>かえ</rt></ruby>ることはできません。

   Do not take this question booklet with you after the test.

3. <ruby>受験番号<rt>じゅけんばんごう</rt></ruby>と<ruby>名前<rt>なまえ</rt></ruby>を<ruby>下<rt>した</rt></ruby>の<ruby>欄<rt>らん</rt></ruby>に、<ruby>受験票<rt>じゅけんひょう</rt></ruby>と<ruby>同<rt>おな</rt></ruby>じように<ruby>書<rt>か</rt></ruby>いてください。

   Write your examinee registration number and name clearly in each box below as written on your test voucher.

4. この<ruby>問題用紙<rt>もんだいようし</rt></ruby>は、<ruby>全部<rt>ぜんぶ</rt></ruby>で＿＿＿＿ページあります。

   This question booklet has __ pages.

5. この<ruby>問題用紙<rt>もんだいようし</rt></ruby>にメモをとってもいいです。

   You may make notes in this question booklet.

<ruby>受験番号<rt>じゅけんばんごう</rt></ruby>　Examinee Registration Number	
<ruby>名<rt>な</rt></ruby>　<ruby>前<rt>まえ</rt></ruby>　Name	

● 數字

聆聽數字題

N5 聽力以日常生活的對話為主軸，從電話號碼到計算數量、價格等，都是生活相關的必考內容。比較單純的題目會直接唸出答案，讀者從選項中尋找就能找到答案。

計算題

這類題型問的內容如一共買了多少錢？一天唸書幾小時？等，需要讀者聆聽後計算才能得出答案。

Q 常見問法

- 男の人の電話番号は何番ですか。
  男士的電話號碼是幾號呢？

- 切手を何枚買いましたか。
  買了幾張郵票呢？

- 学生は一日何時間ぐらい勉強していますか。
  學生一天唸書幾小時呢？

- 店の人は何をいくつ出しますか。
  店裡的人將會端什麼，各幾杯出來？

● 時間

N5 聽力主要會考驗學生是否能抓住生活中的重要訊息，其中時間又是言談中的關鍵部分，從年代、日月到分秒都是時間的範圍。

Q 常見問法

- 映画館で何時に会いますか。
  幾點在電影院前見面？

- 二人はいつ海に行きますか。
  兩人何時要去海邊？

- 宿題は何曜日までですか。
  作業要在星期幾之前交？

- この人は先週、何日休みましたか。
  此人上星期休假幾天？

Ⓐ 常見答題關鍵句

- はがきを 5 枚ください。
  請給我 5 張明信片。

- はい、アイスクリーム二
  つ。コップは六つですね。
  好的，兩支冰淇淋，和 6 個杯
  子是吧！

- 電話番号を教えてくださ
  い。
  請告訴我您的電話號碼。

解題訣竅

① 一定要熟悉數量及金錢的說法，尤
其像「7、7」等有兩個讀音的數字
可多加練習。數字常考單字請見附
錄250頁。

② 一遇到數字很容易聽過就忘了，特別
是日本貨幣單位比較大，常有上千或
上萬的數字，所以務必要隨聽隨記。

③ 先看題目推測是一般題型還是計算題，
計算題除了數字之外，還要留意時間
或物品等詞彙，並逐一筆記下來。

④ 有時會出現干擾的對話，如：「え
えと、6480ですね／恩…6480對
嗎？」、「いえ、6840です／不是，是
6840。」，在閱讀選項時就要注意容
易誤讀的選項，也可事先推敲，聆聽
時再刪除用來混淆的選項。

Ⓐ 常見答題關鍵句

- 8時半に上野駅にしましょ
  う。
  那就 8 點半約在上野車站吧。

- じゃあ、9時に、映画館の
  前で会いましょう。
  那，9 點在電影院前見！

- テストの次の日に行きましょ
  う。
  考完試的隔天再去吧！

- じゃあ、そうしましょう。
  那就這麼辦吧！

解題訣竅

① 掌握必考單字是解題的關鍵，一定
要熟悉時間、日期和星期等的說法，
尤其有特殊讀音的日期部分可多加
練習。時間常考單字請見附錄250、
251頁

② 時間考題的特色在於，如果對話直
接道出明確時間，就會有幾個干擾
項目混淆。出現許多干擾項目時，不
需著急，用刪去法刪掉被否決的時
段。

③ 有些題目則不會直接說出與選項一
致的時間，而是拐彎抹角的說出幾
個時間，需要計算才能得出答案，考
生可多加留意「その前に／在那之
前」、「次の日／隔天」或「てから／
之後」等說法。

● 場所

空間題

場所也是日常生活話題中的關鍵，經常出現在有圖片的問題1。問題包含事物存在的位置、人物活動的場所等等。

地圖題

考題會給讀者幾張地圖，要選出對話人物想前往的地方，或是動作、行為的目的地等等。

Ⓠ 常見問法

- 箱はどう置きましたか。
  箱子是怎麼放的？

- 部屋はどうなりましたか。
  房間是怎麼佈置的？

- テーブルの上に何がありますか。
  桌上有什麼呢？

- 本屋はどこにありますか。
  書店在哪裡呢？

● 人物

親人關係題

當事人談論自己的家族、朋友等的問題。

穿著外型題

此題型會通常會通過人物的外表、長相及人物的動作來談論話題中的人物。

Ⓠ 常見問法

- 山田さんは、どの人ですか。
  哪一個是山田小姐？

- 男の人が見ている写真がどれですか。
  男士正在看的照片是哪一張？

- 花子さんの兄弟について正しいのはどれですか。
  有關花子的兄弟姊妹，哪個是正確的？

- 今台所にいない人は誰ですか。
  現在不在廚房的是誰？

Ⓐ 常見答題關鍵句

・上が一つ、一番下が三つ。どうですか。
上面一個，最下面三個，這樣如何？

・本棚はソファの横にね。
書架放沙發的旁邊喔！

・まっすぐ行きます。
直走。

・信号を渡ります。
過紅綠燈。

・私の家は、丸い建物です。白くて高い建物の右です。
我家是圓形的建築物。它位於白色高大的建築物的右手邊。

解題訣竅

① 為了找到正確的場所，必須隨著引導目標，是左邊還是右邊，是大樓的前面還是後面，因此關鍵就在指示方位的詞，及各種場所名詞了，常考單字請見附錄251頁。

② 除了方向感以外，題目經常會詢問建築物或物品的位置，因此常考的建築物和物品名稱也務必要聽熟。考試時也應先瀏覽圖片或選項以便掌握內容。

Ⓐ 常見答題關鍵句

・あの背の高い、めがねをかけている人。
那個個子高高的，戴眼鏡的人。

・妹は2年前、背が低かったが、今は私と同じくらいです。
妹妹兩年前個子雖矮，但現在跟我差不多高。

・私の上は全部男なんです。
我上面都是男生。

解題訣竅

① 這類考題中，家族成員和形容外觀的日文是關鍵，例如爺爺奶奶、身高和頭髮長短等等，有時還會考人物所在的位置是在哪裡，常考單字請見附錄251、252頁。

② 談論人物，還包括人物的年齡、職業、國籍等，內容是比較廣泛的。所以要聽準這樣的對話，不僅要特別注意人物的外表和動作，還要聽準對話中的「どの」、「どれ」等人稱指示詞，注意可別張冠李戴喔！

③ 留意看照片介紹人物的題型，有時會描述現在的外觀來干擾作答，要留意「あの頃／那時」和過去式的說法。

● 順序

動作順序題

動作的先後順序，或是事物的排列順序，也是日常生活中，常聽到的對話。例如，先做什麼，再做什麼，最後做什麼；由大到小、由好到差等等。

交通工具順序題

從出發點到目的地，依序要搭乘什麼交通工具呢？交通工具的名稱會是此題型的關鍵。

- 女の人はこの後どうしますか。
  女士之後要做什麼？

- 女の人は、店でどのように働きますか。
  女士在店裡怎麼工作的？

- どの順番で食べますか。
  吃的順序是哪個？

- 女の人はどうやって会社に行きますか。
  女士是怎麼到公司的？

● 判斷

外型判斷題

此題型常見問法之一是要判斷對話中談的是哪個東西，也就是從對話中，聽出形容該物的形狀、顏色或是量詞等關鍵詞語，來判斷出談論的是哪個東西。

物品及數量判斷題

此題型大多是要紀錄對話中出現的物品及數量，最後選出與對話內容相符的答案，物品名稱及量詞為其中的關鍵詞語。

- 女の子が食べたいものはどれですか。
  女孩想吃的是哪一個呢？

- 女の人は、どのかばんを買いますか。
  女士要買哪一個皮包呢？

- 男の人は何を借りましたか。
  男士向別人借了什麼東西？

Ⓐ 常見答題關鍵句

- まず一時間ぐらい走ります。
  首先跑一個小時左右。

- それから、バスに乗って、次は電車です。
  然後坐巴士，接下來坐電車。

- 歯を磨いたあと、顔を洗います。
  刷牙以後洗臉。

- 飛行機を乗る前にタクシーに乗ります。
  搭飛機之前，坐計程車。

解題訣竅

① 這類考題首先必須掌握日常生活中的動作和交通工具的說法，常考單字請見附錄252、253頁。

② 既然是跟動作順序有關，那麼就要多注意動作順序相關的接續詞了。例如「まず／首先」、「それから／接著」、「次に／接著」、「最後／最後」、「その後／之後」、「…後／之後」、「たあと／之後」、「…てから／先…」、「その前／之前」以及「て形」等等。另外，還要聽準時間詞，因為動作的先後順序，一定跟時間有緊密的關係囉！

③ 這類題目的訊息量較大，建議用時間軸的方式做筆記。

④ 有時會先給一長串資訊混淆讀者，再反駁說出真正的答案，因此從頭到尾都要集中注意力！

Ⓐ 常見答題關鍵句

- 四角くて、大きい黒いかばんです。
  它是四方形且又大又黑的皮包。

- 中に人形が入っています。
  裡面裝有洋娃娃。

- ちょっと小さいですね。それに色が白い方がいいですね。
  有點小耶。況且顏色我比較喜歡白色的。

- これ、お願いします。
  請給我這個，謝謝。

- これはちょっと…。
  這個實在有點不太…。

解題訣竅

① 這類考題必須掌握生活用品、蔬菜水果以及形容詞的說法，數量詞也一定要記熟喔！常考單字請見附錄250、253頁。

② 先看題目，猜測能出現的詞彙，邊聽邊用刪去法刪掉不可能的選項。

③ 購買東西的情境經常出現「これにします／我要這個」和「これはちょっと…／這個實在有點不太…」等句型，非常關鍵請務必記下來。

● 問事

問要做的事

日常生活中，人們常談到誰做了什麼事，或接下來要做什麼，這就是問事的考題。

問不能做的事

部分題目會反過來詢問不能做的事，對話中會出現做了也沒關係的事，和不能做的事，必須不被混淆的抓出關鍵句。

Q 常見問法

- 女の人はこれから何をしますか。
  女士接下來打算要做什麼？
- 花子さんは今何をしていますか。
  花子小姐，現在在做什麼？
- 男の人は日曜日に何をしましたか。
  男士星期天做了什麼？
- 女の人がしてはいけないことは何ですか。
  女士不能做什麼事？

● 原因

「為什麼？」也是日常談話永恆的話題，這也是訓練聽力的重要部分喔！談原因的對話，有時候是單純的一方問原因，一方直接回答。但也有，對話中提到多種原因，但真正的原因只有一項的。

Q 常見問法

- 女の人はどうしてこのアパートを借りませんか。
  女士為何不租這公寓呢？
- 男の人はどうして牛乳を飲みませんでしたか。
  男士為何不喝牛奶呢？
- 男の人はどうして月曜日休みますか。
  男士為何下禮拜一要請假？

Ⓐ 常見答題關鍵句

- ここを押してください。
  →写真を撮ります。
  請按下這裡→照相。

- 少し短くしてください。
  →髪を切っています。
  請剪短一些→剪頭髮。

- 航空便でお願いします。
  →手紙を出しています。
  我寄航空郵件→寄信。

- お大事に。 →病気です。
  請多多保重→生病。

- お風呂に入ってもかまいません。
  洗澡也沒有關係。

- でも、大きな声を出さないでください。 不過,請不要大聲說話。

解題訣竅

① 問事題內容通常較長,且陷阱百出,經常一連串的對話都在最後被否定,因此從頭到尾都要謹慎聆聽。

② 有些考題會提示關鍵詞,讀者必須由關鍵詞來聯想出答案,如上方答題關鍵句的例子。常用單字請見附錄252頁。

③ 留意否定轉折「でも/可是」,還有表示提議或做總結的用語「そうします/就這麼辦」、「~しましょう/做…吧」和「じゃ/那麼」等等。

Ⓐ 常見答題關鍵句

- 雪で電車が遅れたからです。
  因為下雪,而延誤了電車。

- 便利じゃないからです。
  因為不方便。

- 暑いですから、冷たいジュースを飲みます。
  因為很熱,所以喝果汁。

解題訣竅

① 如果是一方問原因,一方直接回答的考題,問句會用「どうして」、「なぜ」或「なんで」來詢問,三者都是「為什麼」的意思。回答經常出現形容詞,常用單字請見附錄254頁。

② 表示原因的用法最常見的就是「から/(主觀)因為」和「ので/(客觀)因為」,不過有時也會出現在陷阱句中,不能聽到「因為」就貿然作答。

③ 有時不會直接說出「因為」兩個字,需要讀者從對話進行推論。

● 天氣

今天要不要帶傘，需不需要多加一件衣服，先看一下天氣預報吧！天氣預報或談論天氣，在人們的生活中已經是一個重要的話題了。而能否聽懂談話中，提到的天氣狀況，是這類對話的聽力訓練重點了。

Q 常見問法

- 明日の天気は、どうなりますか。
  明天天氣如何？

- 今日はどんな天気ですか。
  今天天氣如何？

- 昨日の朝、海はどうでしたか。
  昨天早上海邊狀況如何？

● 領悟

日語的特點之一就是説話委婉、含蓄。一般日本人不把自己的看法説得太直接、肯定，而是點到為止，留有餘地。至於對方是肯定還是否定，就要聽者自己去揣摩了。這類聽力訓練著重在能否領悟出談話中的含意是什麼？

Q 常見問法

- 二人はこの歌が好きですか。
  兩人喜歡這首歌嗎？

- この店のコーヒーはどうですか。
  這家店的咖啡，味道如何？

- 女の人は何と言いましたか。
  這位女士說了什麼？

Ⓐ 常見答題關鍵句　　　解題訣竅

・朝は晴れますが、午後から雨になるでしょう。
　早上雖放晴，但下午預測會轉為雨天。

・いい天気ですが、風が強くなります。
　會是個好天氣，但風會變強。

・青森はくもりで、北海道には雪が降るでしょう。
　青森縣是陰天，而北海道預測會下雪。

① 由於天氣內容比較單純，表達固定，用語也有限，因此，想要聽懂天氣的內容，瞭解必要的信息，掌握有關天氣、氣象報告的表達詞語和句式就是關鍵了。天氣和地名的常用單字請見附錄254、255頁。

② 答題前可先看從題目推敲，聽的時候需留意時間、地點以及天氣狀態。

③ 有時會有讓人混淆的陷阱，可用刪去法刪掉被否定的答案。

Ⓐ 常見答題關鍵句　　　解題訣竅

・ああ、私も行きたいですけど…。
　啊、我也想去但是…。（沒有要去）

・さあ、どうでしょうか。
　嗯，也不見得吧！

・これは、ちょっと…。
　這個我不大喜歡…。

・ああ、すみません、私はちょっと…。
　啊、不好意思，我不大方便…。

① 這類型的考題看似困難其實相對單純，日本人在表達否定的意見時多半不會太過直接，將常見的用法記熟，應該不難克服，同時也可以應用在生活上。另外補充生活中物品的常用單字，請見附錄253頁。

課題理解

共 43 題

錯題數：＿＿＿＿＿＿＿＿

もんだい1では、はじめに　しつもんを　きいて　ください。それから　はなしを　きいて、もんだいようしの　1から4の　なかから、いちばん　いい　ものを　ひとつ　えらんでください。

第1題

track 1-1

答え
① ② ③ ④

第2題

track 1-2

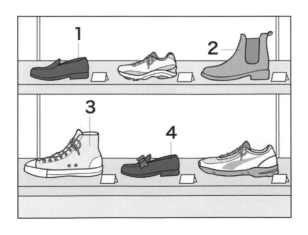

答え
① ② ③ ④

第３題

track 1-3

1　１　かい
2　２　かい
3　３　かい
4　４　かい

答え
① ② ③ ④

第４題

track 1-4

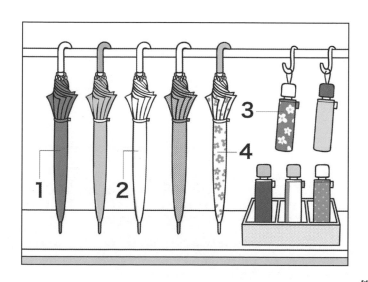

答え
① ② ③ ④

第1題　◉ 快速預覽這四張圖，然後馬上反應圖片中線索的日文說法。　track 1-1 ◉

生徒（學生）

動物（動物）

見る（看見）

好きだ（喜歡）

いちばん（最；第一）

ほか（其他）

みんな（大家）

動詞ませんか（要不要…呢）

動物園で、先生と生徒が話しています。この生徒は、このあと、どの動物を見に行きますか。

M：岡田さんは、ゾウとキリンが好きなんですか。

F：はい。でも、いちばん好きなのはパンダです。

M：ほかのみんなは、アライグマのところにいますよ。いっしょに行きませんか。

F：はい、行きましょう。

この生徒は、このあと、どの動物を見に行きますか。

【譯】老師和學生正在動物園裡交談。請問這位學生在談話結束後，會去看哪種動物呢？

M：岡田同學喜歡大象和長頸鹿嗎？
F：我喜歡。不過，最喜歡的是貓熊。
M：其他同學都在浣熊那邊囉，要不要一起去呢？
F：好的，我們一起去吧！

請問這位學生在談話結束後，會去看哪種動物呢？

答案：**3**

攻略的要點

» 這一題要判斷的是「這位學生會去看哪種動物呢？」。這道題出現的動物多，一開始談的是兩人喜歡的動物，但跟答案沒有關係，只是在聽覺上進行干擾而已。後來，老師提議浣熊那區「いっしょに行きませんか」（要不要一起去呢？），學生也同意，所以之後會去看的動物是浣熊。正確答案是3。

» 要回答這題，理出頭緒，就是快速預覽這四張圖，然後馬上反應日文的說法，接下來集中注意力在「どの動物を見に行きますか」（會去看哪種動物呢？）。其它的都是干擾項，要能隨著對話，一一消去。

<ruby>靴<rt>くつ</rt></ruby>（鞋子）

<ruby>屋<rt>や</rt></ruby>（…店）

が〔<ruby>前置詞<rt>ぜんちし</rt></ruby>〕（表示詢問、請求等的開場白）

<ruby>女の子<rt>おんな こ</rt></ruby>（女生）

<ruby>男の子<rt>おとこ こ</rt></ruby>（男生）

センチ（公分）

<ruby>上<rt>うえ</rt></ruby>（上面）

<ruby>下<rt>した</rt></ruby>（下面）

<ruby>靴屋<rt>くつや</rt></ruby>で、<ruby>女<rt>おんな</rt></ruby>の<ruby>人<rt>ひと</rt></ruby>と<ruby>店<rt>みせ</rt></ruby>の<ruby>人<rt>ひと</rt></ruby>が<ruby>話<rt>はな</rt></ruby>しています。<ruby>女<rt>おんな</rt></ruby>の<ruby>人<rt>ひと</rt></ruby>は、どの<ruby>靴<rt>くつ</rt></ruby>を<ruby>買<rt>か</rt></ruby>いますか。

F：<ruby>子<rt>こ</rt></ruby>どもの<ruby>靴<rt>くつ</rt></ruby>を<ruby>買<rt>か</rt></ruby>いたいのですが、ありますか。

M：<ruby>女<rt>おんな</rt></ruby>の<ruby>子<rt>こ</rt></ruby>の<ruby>靴<rt>くつ</rt></ruby>ですか。<ruby>男<rt>おとこ</rt></ruby>の<ruby>子<rt>こ</rt></ruby>の<ruby>靴<rt>くつ</rt></ruby>ですか。

F：<ruby>女<rt>おんな</rt></ruby>の<ruby>子<rt>こ</rt></ruby>の<ruby>黒<rt>くろ</rt></ruby>い<ruby>革<rt>かわ</rt></ruby>の<ruby>靴<rt>くつ</rt></ruby>で、サイズは 22 センチです。

M：<ruby>上<rt>うえ</rt></ruby>のと<ruby>下<rt>した</rt></ruby>ので、どちらがいいですか。

F：そうですね、<ruby>下<rt>した</rt></ruby>のがいいです。

<ruby>女<rt>おんな</rt></ruby>の<ruby>人<rt>ひと</rt></ruby>は、どの<ruby>靴<rt>くつ</rt></ruby>を<ruby>買<rt>か</rt></ruby>いますか。

譯▶女士和店員正在鞋店裡交談。請問這位女士會買哪雙鞋呢？

　F：我想買兒童鞋，這裡有嗎？

　M：要買小女孩的鞋，還是小男孩的鞋呢？

　F：小女孩的黑色皮鞋，尺寸是二十二公分。

　M：請問上面這雙和下面這雙，您比較喜歡哪一雙呢？

　F：我看看喔，下面的比較好。

　請問這位女士會買哪雙鞋呢？

答案：**4**

攻略的要點

》首先快速預覽這張圖，知道對話內容的主題在「靴」（鞋子）上，立即在腦中比較它們的差異，有「白い」跟「黑い」，「大きい」跟「小さい」。除此之外，再大膽假設可能出現的場所用詞「上、中、下、右、左」。

》再來掌握設問的「女士會買哪雙鞋呢？」這一大方向。一開始知道女士要的是「子どもの靴」（兒童鞋）再加上「女の子の黑い革の靴」（小女孩的黑色皮鞋），馬上消去 3。女士又接著說「サイズは 22 センチ」（尺寸是二十二公分），可以消去較大雙的 2。這時，只剩下上面的 1 和下面的 4 兩雙了。最後，女士說「下のがいい」（下面的比較好），所以答案是 4。

1	1 かい
2	2 かい
3	3 かい
4	4 かい

病院（醫院）

医者（醫生）

〔時間〕＋に＋〔次數〕

（表示某範圍內的數量或次數）

薬（藥）

飲む（吃（藥）；喝）

食事（吃飯，進餐）

度（…次）

必ず（一定）

病院で、医者と男の人が話しています。男の人は、1日に何回薬を飲みますか。

F：この薬は、食事の後飲んでくださいね。

M：3度の食事の後、必ず飲むのですか。

F：そうです。朝と昼と夜の食事の後に飲むのです。1週間分出しますので、忘れないで飲んでくださいね。

M：わかりました。

男の人は、1日に何回薬を飲みますか。

譯▶ 醫師和男士正在醫院裡交談。請問這位男士一天該服用幾次藥呢？

F：這種藥請在飯後服用喔。

M：請問是三餐飯後一定要服用嗎？

F：是的。早餐、中餐和晚餐之後服用。這裡開的是一星期的分量，請別忘了要按時服用喔！

M：我知道了。

請問這位男士一天該服用幾次藥呢？

1 一次　2 兩次　3 三次　4 四次

答案：**3**

攻略的要點

» 這道題要問的是「男士一天該服用幾次藥？」，談話中沒有直接說次數，而是先用暗示的「3度の食事の後」（三餐飯後）和「朝と昼と夜の食事の後」（早餐、中餐和晚餐之後），所以知道是一天服用三次藥。正確答案是3。只要遇到數量的題型，切記一定要邊聽邊記，因為只聽過一遍，是很難記得一清二楚的，更何況並非母語的日語喔！

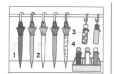

傘（雨傘）

棚（架子）

見せる（讓…看）

長い（長的）

形容詞＋名詞（…的…）

それとも（…還是…）

短い（短的）

どうぞ（請）

デパートの傘の店で、女の人と店の人が話しています。

店の人は、どの傘を取りますか。

F：すみません。そのたなの上の傘を見せてください。

M：長い傘ですか。それとも短い傘ですか。

F：長い、花の絵のついている傘です。

M：あ、これですね。どうぞ。

店の人は、どの傘を取りますか。

譯　女士和店員正在百貨公司的傘店裡交談。請問店員該拿哪一把傘呢？

　F：不好意思，我想看架子上面的那把傘。

　M：是長柄傘嗎？還是短柄傘呢？

　F：長的、有花樣的那一把。

　M：喔，是這一把吧？請慢慢看。

　請問店員該拿哪一把傘呢？

答案：**4**

攻略的要點

» 這類的題型，都是通過對話提供的有關語句，讓考生進行判斷。首先，快速預覽這張圖，知道對話內容的主題在「傘」(雨傘)上，立即在腦中比較它們的差異，有「白い」跟「黑い」，「花の絵」，「長い」跟「短い」。

» 首先掌握設問「店員該拿哪一把傘呢？」這一大方向。一開始知道女士要的是「長い」的雨傘，馬上消去３，接下來同時又說「花の絵のついている傘」(有花樣的那一把)。知道答案是４了。

1 歩いて行きます
2 電車で行きます
3 バスで行きます
4 タクシーで行きます

答え
① ② ③ ④

答え
① ② ③ ④

第7題

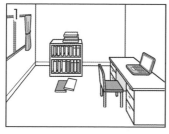
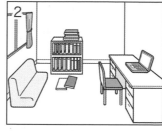
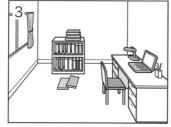
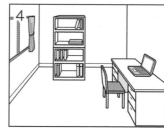

答え
① ② ③ ④

第8題

1 かさをプレゼントします

2 あたらしいふくをプレゼントします

3 天ぷらを食べます

4 天ぷらを作ります

答え
① ② ③ ④

1 歩いて行きます
2 電車で行きます
3 バスで行きます
4 タクシーで行きます

二人（兩人）

もう＋〔否定〕（已經不…了）

急ぐ（趕緊，加快）

十（十）

では（那麼）

バス（公車）

ちょうど（正好，恰好）

タクシー（計程車）

男の人と女の人が話しています。二人は、駅まで何で行きますか。

M：もう時間がありませんよ。急ぎましょう。駅まで歩いて30分かかるんですよ。

F：電車の時間まで、あと何分ありますか。

M：30分しかありません。

F：では、バスで行きませんか。

M：あ、ちょうどタクシーが来ました。

F：乗りましょう。

二人は、駅まで何で行きますか。

譯 男士和女士正在交談。請問他們兩人會使用什麼方式前往車站呢？

M：時間要來不及囉，我們得快點了！還得花三十分鐘走到車站哩！

F：距離電車發車的時間，還有幾分鐘呢？

M：只剩下三十分鐘了。

F：那麼，搭巴士去吧！

M：啊，剛好有一輛計程車過來了！

F：那搭這輛車吧！

請問他們兩人會使用什麼方式前往車站呢？

1 步行前往　　2 搭電車前往
3 搭巴士前往　4 搭計程車前往

答案：4

攻略的要點

» 這類題型談論的內容多，干擾性強，可以不必拘泥於聽懂每一個字，重點在抓住談話中，題目要問的關鍵部分。

» 首先，快速預覽這四個選項，知道對話內容的主題在交通工具上。果然，這道題要問的是「兩人會使用什麼方式前往車站呢？」。相同地，這道題也談論了幾種交通工具。首先是「還得花三十分鐘走到車站」，還談論到坐電車，但這都被下一句的「搭巴士去吧」給否定了。接下來，要不要「搭巴士去」呢，也被否定了。最後兩人的對話「ちょうどタクシーが来ました」(剛好有一輛計程車來了)和「乗りましょう」(那搭這輛車吧)，知道兩人搭的是計程車。正確答案是4。

● 這是一題順序題，抓住跟順序有關的詞語就對了。 track 1-6

旅行（旅行）

ホテル（旅館）

動詞てから（…再…）

もうすぐ（馬上，將要）

鍵（鑰匙）

休む（休息）

出発（出發）

集まる（集合）

バスの中で、旅行会社の人が客に話しています。客は、ホテルに着いてから、初めに何をしますか。

M：みなさま、今日は遅くまでおつかれさまでした。もうすぐホテルに着きます。ホテルでは、まず、フロントで鍵をもらってお部屋に入ってください。7時にレストランで食事をしますので、それまで、お部屋で休んでください。明日は10時にバスが出発しますので、それまでに買い物などをして、フロントにあつまってください。

客は、ホテルに着いてから、初めに何をしますか。

譯 旅行社的員工正在巴士裡對著顧客們說話。請問顧客們抵達旅館之後，首先要做什麼事呢？

M：各位貴賓，今天行程走到這麼晚，辛苦大家了！我們即將抵達旅館了。到了旅館以後，請先在櫃臺領取鑰匙進去房間。我們安排於七點在餐廳用餐，在用餐前請在房間裡休息。明天十點巴士就要出發，要購物的貴賓請在出發前買完東西，然後到櫃臺集合。

請問顧客們抵達旅館之後，首先要做什麼事呢？

答案：4

攻略的要點

» 這題要問的是「顧客首先要做什麼事呢？」，問事的題型特色是，從出題的角度來看，會話中一定會談論幾件事，讓考生從當中選擇一項。因此，迷惑性高，需要仔細分析跟良好的短期記憶。

» 首先，快速預覽這四個選項，知道談話內容跟飯店有關，四個場景都可能出現在談話中，立即在腦中反應日語怎麼說。「顧客首先要做什麼事呢？」要清楚掌握「首先要做的事」這一大方向。

» 這道題的對話共出現了四件事，順序是，首先「まず、フロントで鍵をもらって…」（請先在櫃臺領取鑰匙…），這是 4 的內容。接下來「七點在餐廳用餐」這是 1 的內容。但用餐前「在房間裡休息」這是 2 的內容。最後，明天出發前可以去購物，這是 3 的內容。知道一開始就出現答案了，正確答案是 4。

男の学生と女の学生が話しています。女の学生は、どんな部屋にするつもりですか。

M：本だなと机といす一つしかないから、広い部屋ですね。

F：はい。机の上も、広い方がいいので、パソコンしかおいていないんです。

M：でも、本を床におかない方がいいですよ。

F：そうですね。次の日曜日、大きい本だなを買いに行きます。

女の学生は、どんな部屋にするつもりですか。

部屋（房間）

つもり（打算）

本棚（書架）

机（桌子）

椅子（椅子）

一つ（一個）

しか＋〔否定〕（只有）

広い（寬廣的）

譯　男學生和女學生正在交談。請問這位女學生想要把房間打造成什麼樣子呢？

M：房間裡只有一個書架、一張書桌還有一把椅子，看起來好寬敞啊！

F：對呀。我也想讓桌面盡量寬敞一點，所以桌上只擺了一台電腦而已。

M：可是書本不要擺在地板上比較好吧？

F：是呀。下個星期天，我會去買大書架的。

請問這位女學生想要把房間打造成什麼樣子呢？

答案：**4**

攻略的要點

» 看到這道題的四張圖，馬上反應相關名詞「ソファー、本だな、本、机、いす、パソコン、窓」。緊抓「どんな部屋にするつもりですか」（想把房間打造成什麼樣呢）這個大方向。用刪去法，集中精神、冷靜往下聽。「つもり」（準備），也就是說不是現在的房間，而是想要打造的房間喔！

» 首先聽出「本だなと机といす一つしかない」（書架、書桌、椅子都只有一個），馬上刪去有沙發的2。繼續往下聽知道桌上「パソコンしかおいていない」（只擺了一台電腦），可以刪去桌子放了各種物品的3。接下來，因為有「本を床におかない方がいい」（書本不要擺在地板上比較好），知道現在的房間是1，也刪去。關鍵在「房間」要怎麼打造呢？從「次の日曜日、大きい本だなを買いに行きます」（下個星期天，我會去買大書架），知道想打造的房間是有大書架的4，正確答案是4。

第8題　◉ 訊息很多的題目應留意表示否決的日文，用刪去法答題。　track 1-8 ◉

1 かさをプレゼントします
2 あたらしいふくをプレゼントします
3 天ぷらを食べます
4 天ぷらを作ります

来週（下禮拜）
誕生日（生日）
ほしい（想要）
プレゼント（禮物）
狭い（狭窄的）
新しい（新的）
服（衣服）
けっこう（足夠；充分）

男の人と女の人が話しています。男の人は、来週、何をしますか。

M：来週、お誕生日ですね。ほしいものは何ですか。プレゼントします。

F：ありがとうございます。でも、うちがせまいので、何もいりません。

M：傘はどうですか。それとも、新しい服は？

F：傘は、去年買った黒いのがあります。服も、けっこうです。

M：それじゃ、いっしょに夕ご飯を食べに行きませんか。

F：ええ、では、天ぷらはどうですか。

M：天ぷらはわたしも好きですよ。

男の人は、来週、何をしますか。

譯▶ 男士和女士正在交談。請問這位男士下星期會做什麼呢？

M：下星期是妳生日吧？有什麼想要的東西嗎？我送妳。
F：謝謝你。不過，我家很小，什麼都不需要。
M：送妳傘如何？還是新衣服？
F：傘去年已經買一把黑色的了，衣服也已經夠了。
M：那麼，要不要一起去吃一頓晚餐呢？
F：好呀，那麼，吃天婦羅如何？
M：我也喜歡吃天婦羅喔！

請問這位男士下星期會做什麼呢？
1 送雨傘　　2 送新衣服
3 吃天婦羅　4 做天婦羅

答案：3

攻略的要點

» 「男士下星期會做什麼呢？」這個對話裡，男士想做的事都被「いりません」(不需要)跟「けっこうです」(不用了，謝謝) 給否定了。最後，從男士邀約女士一起去吃晚餐，女士同意並提議要不要去吃天婦羅。男士回答「天ぷらはわたしも好きですよ」(我也喜歡吃天婦羅喔)，知道兩人要一起去吃天婦羅。正確答案是3。

» 「けっこうです」可以用來表示「很好，可以」和「不用了，謝謝」兩種意思。本題根據內容，女士敘述了「傘はあります。服も…」，所以是「不用了，謝謝」的意思。「いりません」(不需要) 也是拒絕對方的說法，但聽起來會讓人覺得過於直接而顯得失禮，有時還會讓人有冷漠的感覺。而「けっこうです」含有「這麼多我已經很滿足了，不需要更多了」的意思，是一種瞭解對方的好意，客氣的拒絕方式。

41

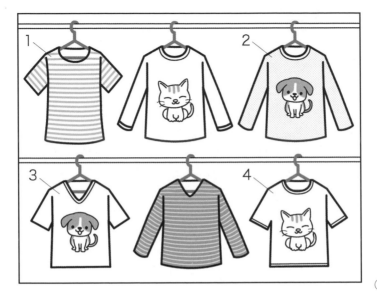

答え
① ② ③ ④

1　1 かい
2　2 かい
3　3 かい
4　4 かい

答え
① ② ③ ④

1 3 時

2 3 時 20 分

3 3 時 30 分

4 3 時 40 分

答え
①②③④

答え
①②③④

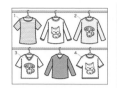

シャツ（襯衫；上衣）
絵（圖畫）
猫（貓）
縞（條紋）
模様（花樣，圖樣）
季節（季節）
涼しい（涼爽的）
夏（夏天）

店で、女の人と店の人が話しています。女の人は、どのシャツを買いますか。

F：子どものシャツがほしいのですが。

M：犬の絵のと、ねこの絵のと、しまもようのがあります。どれがいいですか。

F：犬の絵のがいいです。

M：今の季節は、涼しいですので……。

F：いえ、夏に着るシャツがいるんです。

女の人は、どのシャツを買いますか。

譯 ▶ 女士和店員正在商店裡交談。請問這位女士會買哪一件上衣呢？

　F：我想買小孩的上衣。

　M：有小狗圖案的、貓咪圖案的，還有條紋圖案的。請問您喜歡哪一件呢？

　F：我喜歡小狗圖案的。

　M：目前的季節有點涼，所以…。

　F：不要緊，我要買的是在夏天穿的上衣。

　請問這位女士會買哪一件上衣呢？

答案：3

攻略的要點

» 請用刪去法找出正確答案。首先掌握設問的「女士會買哪一件上衣呢？」這一大方向。可以在預覽試卷上的圖時，馬上在腦中想像可能出現的詞「ねこ、犬、しまもよう、シャツ」甚至「長い」、「短い」等等。

» 一開始知道女士要的是「犬の絵」（小狗圖案）的襯衫，馬上消去1跟4，接下來男士問「目前季節有點涼」，後面要說的是「是不是要買長袖的」，但馬上被女士否定掉說「夏に着るシャツがいる」（要在夏天穿的襯衫）知道答案是短袖的3了。另一個要聽懂的關鍵是「夏に着るシャツがいる」的「いる」，這裡是「需要」的意思，不是「有」的意思喔！

1 1かい
2 2かい
3 3かい
4 4かい

歯（牙齒）

磨く（刷〔牙〕）

ご飯（飯）

勤める（工作）

時間（時間）

場所（場所）

にも、からも、でも
（…也…）

一度（一次）

病院で、医者が女の人に話しています。女の人は、1日に何回歯をみがきますか。

M：ご飯のあとは、すぐに歯をみがいてください。

F：昼ご飯のあともですか。会社につとめていると、歯をみがく時間も場所もないのですが。

M：それなら、朝と夕方のご飯のあとだけでもみがいてください。あ、でも、寝る前にも、もう一度みがくといいですね。

F：わかりました。寝る前にもみがきます。

女の人は、1日に何回歯をみがきますか。

譯▶ 醫師和女士在醫院裡交談。請問這位女士一天要刷牙幾次呢？

M：請在飯後立刻刷牙。

F：請問吃完午餐後也要嗎？我在公司裡上班，既沒有時間也沒有地方刷牙。

M：那樣的話，請至少在早餐和晚餐之後刷牙。啊，不過在睡覺前也要再刷一次比較好喔。

F：我知道了，睡覺前也會刷一次。

請問這位女士一天要刷牙幾次呢？

1 一次　2 兩次　3 三次　4 四次

答案：**3**

攻略的要點

» 考次數的題型，有時候對話中，不會直接說出次數，必須經過判斷或加減乘除的計算。

» 這一道題要問的是「女士一天要刷牙幾次呢？」，記得腦中一定要緊記住這個大方向，邊聽邊記關鍵處。這題對話稍長，而且先說出「ご飯のあとは、すぐに歯をみがいてください」（請在飯後立刻刷牙）來進行干擾。後來女士說明中午比較沒辦法刷牙，否定了中餐後的刷牙。後面醫師又補充「朝と夕方のご飯のあと」（早餐跟晚餐之後）跟「寝る前にも」（睡覺前也要）。知道是早飯後、晚飯後、睡覺前，所以共有三次。正確答案是 3。

1 3 時
2 3 時 20 分
3 3 時 30 分
4 3 時 40 分

授業 (上課)

あの (那個)

嫌 (討厭)

が (雖然，但是)

メートル (公尺)

先 (前面)

喫茶店 (咖啡店)

大丈夫 (沒問題)

男の人と女の人が話しています。二人は、何時に会いますか。

M：授業は 3 時に終わるから、学校の前のみどり食堂で、3 時 20 分に会いませんか。

F：あの食堂にはみんな来るからいやです。少し遠いですが、みどり食堂の 100 メートルぐらい先のあおば喫茶店はどうですか。私は、学校を 3 時半に出るから、3 時 40 分なら大丈夫です。

M：じゃ、そうしましょう。あおば喫茶店ですね。

二人は、何時に会いますか。

譯▶ 男士和女士正在交談。請問這兩位會在幾點見面呢？

　　M：我上課到三點結束，所以我們約三點二十分在學校前面的綠意餐館碰面好嗎？

　　F：不要，那家餐館大家都會去。雖然稍微遠了一點，我們還是約距離綠意餐館大概一百公尺的綠葉咖啡廳吧？我三點半離開學校，三點四十分應該就會到了。

　　M：那就這樣吧。綠葉咖啡廳，對吧？

　　請問這兩位會在幾點見面呢？

　　1 三點　　　　　2 三點二十分
　　3 三點三十分　　4 三點四十分

答案：**4**

攻略的要點

» 看到這一題的四個時間，馬上掌握試卷上的四個時間詞的念法。記得！聽懂問題才能精準挑出提問要的答案！

» 這道題要問的是「兩位會在幾點見面呢？」緊記住這個大方向，然後集中精神聽準見面的時間。對話中出現了 4 個時間詞，有「3 時」、「3 時 20 分」、「3 時半」、「3 時 40 分」。其中「3 時」跟「3 時 20 分」先被女士否定掉，是干擾項，不是碰面的時間，可以邊聽邊在試卷上打叉。最後女士提到「私は、学校を 3 時半に出るから、3 時 40 分なら大丈夫です」（我三點半離開學校，三點四十分應該就會到了），男士回說「じゃ、そうしましょう」（那就這樣吧），知道正確答案是 4 的「三點四十分」了。

お弁当（便當）
飲み物（飲品）
重い（重的）
から（因為…所以…）
あめ（糖果）
少し（一點點）
疲れる（疲憊）
時（…時候）

男の人と女の人が話しています。女の人は、明日、何をもっていきますか。

M：明日のハイキングには、何を持っていきましょうか。

F：そうですね。お弁当と飲み物は、私が持っていくつもりです。

M：あ、飲み物は重いから、僕が持っていきますよ。

F：じゃ、私、あめを少し持っていきますね。疲れた時にいいですから。

女の人は、明日、何をもっていきますか。

譯 男士和女士正在交談。請問這位女士明天會帶什麼東西去呢？

M：明天的健行，我們帶些東西去吧。

F：好啊。我原本就打算帶便當和飲料去。

M：啊，飲料很重，由我帶去吧！

F：那，我帶一些糖果去吧。累的時候有助於恢復體力。

請問這位女士明天會帶什麼東西去呢？

答案：**2**

攻略的要點

» 這道題要問的是「女士明天會帶什麼東西去呢？」。首先，預覽這四張圖，判斷對話中出現的東西應該會有「お弁当（おにぎり）、お茶（飲み物）、水（飲み物）、あめ」。同樣地，對話還沒開始前，要立即想出這幾樣東西相對應的日文。

» 對話一開始女士說「打算要帶便當跟飲料」，立即被男士給否定掉「飲料」，提議太重了讓自己帶去。女士同意男士的提議，接著說「じゃ、私、あめを少し持っていきますね」（那，我帶一些糖果去吧）。女士接受男士的提議，不帶飲料去的這件事，可以從「じゃ」知道。「じゃ」在這裡含有同意對方建議的意思。正確答案是 2。

track **1-13** ◯

1 客の名前を紙に書く
2 名前を書いた紙を客にわたす
3 客の名前を書いた紙をつくえの上にならべる
4 入り口につくえをならべる

答え
① ② ③ ④

track **1-14** ◯

1 5番
2 8番
3 5番か8番
4 バスにはのらない

答え
① ② ③ ④

第 15 題

track 1-15

1 えき
2 ちゅうおうとしょかん
3 こうえん
4 えきまえとしょかん

答え
① ② ③ ④

第 16 題

track 1-16

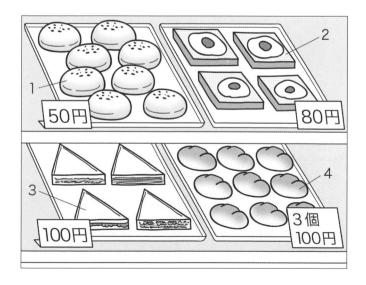

50円
80円
100円
3個
100円

答え
① ② ③ ④

1 客の名前を紙に書く
2 名前を書いた紙を客にわたす
3 客の名前を書いた紙をつくえの上にならべる
4 入り口につくえをならべる

明日（あした）（明天）
朝（あさ）（早上）

パーティー（派對）

お（表示尊敬）
様（さま）（先生，女士）
皆さん（みな）（各位）

動詞てください
（請…）

紙（かみ）（紙）

会社（かいしゃ）で男（おとこ）の人（ひと）が話（はな）しています。山下（やました）さんは、明日（あした）の朝（あさ）、どうしますか。

M：明日（あした）は 12 時（じ）から、会社（かいしゃ）でパーティーがあります。お客様（きゃくさま）は 11 時半（じはん）ごろには来（き）ますので、皆（みな）さんは 11 時（じ）までに集（あつ）まってください。山下（やました）さんは、お客様（きゃくさま）が来（く）る前（まえ）に、入（い）り口（ぐち）の机（つくえ）の上（うえ）に、お客様（きゃくさま）の名前（なまえ）を書（か）いた紙（かみ）を並（なら）べてください。

F：はい、わかりました。

山下（やました）さんは、明日（あした）の朝（あさ）、どうしますか。

譯 男士正在公司裡說話。請問山下小姐明天早上該做什麼呢？

M：明天從十二點開始，公司要舉行派對。客戶最晚會在十一點半左右抵達，所以大家在十一點之前集合。山下小姐請在客戶到達之前，在門口的桌面上擺好寫有客戶大名的一覽表。

F：好的，我知道了。

請問山下小姐明天早上該做什麼呢？

1 書寫客戶大名一覽表
2 將寫上大名的紙張交給客戶
3 把寫有客戶大名的一覽表擺到桌上
4 在門口排桌子

答案：3

攻略的要點

» 這題是問事的題型，既然是問事，會話中一定會談論幾件事，讓考生從當中選擇一項。首先，山下小姐在十一點以前要來公司，然後要做的工作是「入り口の机の上に、お客様の名前を書いた紙を並べる」（在門口的桌面上，擺好寫有客戶的大名的一覽表）。男士說的是「場所＋に＋物＋を」的順序，雖然跟選項 3 的順序「物＋を＋場所＋に」不同，不過意思是一樣的。正確答案是 3。

もんだい

1

2

3

4

答案與解說

1 5番
2 8番
3 5番か8番
4 バスにはのらない

バス停(てい)(公車站)

番(ばん)(…號)

乗る(の)(搭乘)

行き・行き(い・ゆ)(前往)

いいえ(不是)

三つ(みっ)(三個)

〜も〜(…也…)

通る(とお)(經過)

バス停で、女の人とバス会社の人が話しています。
女の人は何番のバスに乗りますか。

F：中町行きのバスは何番から出ていますか。

M：5番と8番です。中町に行きたいのですか。

F：いいえ、中町の三つ前の山下町に行きたいので
　　す。

M：ああ、そうですか。5番のバスも8番のバスも
　　中町行きですが、5番のバスは、8番とちがう
　　道をとおりますので、山下町にはとまりません。

F：わかりました。ありがとうございます。

女の人は何番のバスに乗りますか。

譯 ▶ 女士和巴士公司的員工正在巴士站交談。請問這位女
　　士該搭幾號的巴士呢？

　　F：請問往中町的巴士是從幾號公車站出發呢？

　　M：五號和八號。您要去中町嗎？

　　F：不是，我想到中町前面三站的山下町。

　　M：哦，這樣啊。五號的巴士和八號的巴士都會到中
　　　　町，但是五號走的和八號路線不同，所以不會停
　　　　靠山下町。

　　F：我知道了。謝謝您。

　　請問這位女士該搭幾號的巴士呢？

　　1　五號
　　2　八號
　　3　五號或八號
　　4　不搭巴士

答案：**2**

攻略的要點

» 女士最先問的是「中町行きのバス」（往中町的巴士）。要去中町有五號和八號
兩個選擇，不過女士實際上想去的並不是終點站中町，而是山下町，所以必須
要坐八號。五號雖然是往中町，但並沒有停靠山下町。正確答案是２。

1 えき
2 ちゅうおうとしょかん
3 こうえん
4 えきまえとしょかん

図書館（圖書館）

動詞たい（想…）

道（道路）

まっすぐ（筆直地）

進む（前進）

かかる（花〔時間、金錢等〕）

借りる（借〔入〕）

返す（歸還）

駅の前で、男の人と女の人が話しています。男の人は、どこへ行きますか。

M：すみません。中央図書館へ行きたいんですが、この道ですか。

F：はい、この道をまっすぐ進んで、公園の前で右に曲がると中央図書館です。

M：ありがとうございます。

F：でも、歩くと20分くらいかかりますよ。すぐそこに駅前図書館がありますよ。

M：前に中央図書館で借りた本を返しに行くのです。

F：返すだけなら、近くの図書館でも大丈夫ですよ。駅前図書館で返してはいかがですか。

M：わかりました。そうします。

男の人は、どこへ行きますか。

譯 ▶ 男士和女士正在車站前交談。請問這位男士要去哪裡呢？

M：不好意思，我想去中央圖書館，請問走這條路對嗎？

F：對，沿著這條路往前直走，在公園前面往右轉就是中央圖書館了。

M：謝謝您。

F：不過，步行前往大概要花二十分鐘喔！前面就有車站前圖書館囉！

M：我是要去中央圖書館歸還之前在那裡借閱的圖書。

F：如果只是要還書，就近到方便的圖書館還也可以喔。您不如就在車站前圖書館還書吧。

M：我知道了，那去那裡還書。

請問這位男士要去哪裡呢？

1 車站　　　　　2 中央圖書館
3 公園　　　　　4 車站前圖書館　　　答案：**4**

攻略的要點

» 男士原先是想去中央圖書館，不過從女士的建議說「返すだけなら、近くの図書館でも大丈夫ですよ」（如果只是要還書，就近到方便的圖書館還也可以喔），所以男士接受了建議說「そうします」（那去那裡還書），去的是離他比較近的站前圖書館。正確答案是 4。

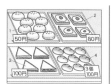

パン（麵包）

甘_{あま}い（甜的）

形容詞＋の（…的）

いろいろ（各式各樣）

安_{やす}い（便宜的）

個_こ（…個）

円_{えん}（日幣）

いくつ（幾個）

店_{みせ}で、男_{おとこ}の子_こと店_{みせ}の人_{ひと}が話_{はな}しています。男_{おとこ}の子_こは、どのパンを買_かいますか。

M：甘_{あま}いパンをください。

F：甘_{あま}いのはいろいろありますよ。どれがいいですか。

M：甘_{あま}いパンの中_{なか}で、いちばん安_{やす}いのはどれですか。

F：この3個_こ100円_{えん}のパンがいちばん安_{やす}いです。いくつ買_かいますか。

M：6個_こください。

男_{おとこ}の子_こは、どのパンを買_かいますか。

譯▶ 男孩正在商店裡和店員交談。請問這個男孩會買哪種麵包呢？

M：請給我甜麵包。

F：甜麵包有很多種喔，你喜歡哪一種呢？

M：請問在甜麵包裡面，哪一種最便宜呢？

F：這種三個一百日圓的最便宜。你要買幾個？

M：請給我六個。

請問這個男孩會買哪種麵包呢？

答案：**4**

攻略的要點

» 首先快速預覽這張圖，知道對話內容的主題在「パン」（麵包）上，立即比較它們的差異，那就是價錢的「50円、80円、100円、3個100円」。

» 首先掌握設問「男孩會買哪種麵包」這一大方向。從「いちばん安いのはどれですか」（哪一種最便宜呢？）知道男孩想要的是最便宜的甜麵包，所以決定要買的是「3個100円のパン」（三個一百日圓的麵包）。正確答案是4。

1　一日中、寝ます
2　掃除や洗濯をします
3　買い物に行きます
4　宿題をします

答え
① ② ③ ④

1　かさをもって、3 時ごろに帰ります
2　かさをもって、5 時ごろに帰ります
3　かさをもたないで、3 時ごろに帰ります
4　かさをもたないで、5 時ごろに帰ります

答え
① ② ③ ④

第 19 題

track 1-19

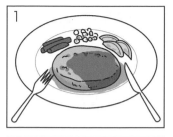
1

2

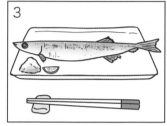
3

4

答え
① ② ③ ④

第 20 題

track 1-20

1 コーヒーだけ

2 コーヒーとお茶

3 コーヒーとさとう

4 コーヒーとミルク

答え
① ② ③ ④

1　一日中、寝ます
2　掃除や洗濯をします
3　買い物に行きます
4　宿題をします

今週（這週）

忙しい（忙碌的）

よく（常；足夠）

寝る（睡覺）

中（整個）

あ（っ）（啊）

宿題（作業）

月曜日（星期一）

女の学生と男の学生が話しています。男の学生は、明日、何をしますか。

F：明日の土曜日は何をしますか。

M：今週は忙しくてよく寝なかったので、明日は一日中、寝ます。園田さんは？

F：午前中掃除や洗濯をして、午後はデパートに買い物に行きます。

M：デパートは、僕も行きたいです。あ、でも、宿題もまだでした。

F：えっ、あの宿題、月曜日までででしょう。1日では終わりませんよ。

男の学生は、明日、何をしますか。

譯 女學生和男學生正在交談。請問這位男學生明天要做什麼呢？

F：明天星期六你要做什麼呢？

M：這星期很忙，都沒有睡飽，我明天要睡上一整天。園田同學呢？

F：上午要打掃和洗衣服，下午要去百貨公司買東西。

M：我也想去百貨公司，啊，可是我功課還沒寫完。

F：嘎？可是那項功課不是星期一就要交了嗎？單單一天可是寫不完的喔！

請問這位男學生明天要做什麼呢？

1　睡上一整天　　2　打掃和洗衣服
3　去買東西　　　4　做功課

答案：4

攻略的要點

» 這道題是問做什麼事的題型。問事類試題一般比較長，內容多，但屬於略聽，要注意抓住談話主題、方向，跟關鍵詞語。另外，選項也是陷阱百出的地方，所以不到最後絕對不妄做判斷！

» 男學生原本打算睡一整天。接著聽女學生說要去百貨公司，於是說他也想去。不過，他想起來「あ、でも、宿題もまだでした」（啊！可是我功課還沒有寫完）。而女學生說，作業星期一要交，一天做不完。因此，星期六、日都必須要做功課。正確答案是4。

もんだい

1

2

3

4

答案與解説

1 かさをもって、3時
　ごろに帰ります
2 かさをもって、5時
　ごろに帰ります
3 かさをもたないで、3
　時ごろに帰ります
4 かさをもたないで、5
　時ごろに帰ります

天気（天氣）

テレビ（電視）

夕方（傍晚）

持つ（攜帶）

帰り（回家）

たぶん（大概）

名詞に＋なります
（變…）

お願いします（麻煩
了）

女の人と男の人が話しています。女の人は、これ
からどうしますか。

F：今日のお天気はどうですか。

M：テレビでは、曇りで、夕方から雨と言っていま
　したよ。

F：それでは、傘を持ったほうがいいですね。

M：3時頃までは大丈夫ですよ。

F：でも、帰りはたぶん5時頃になりますから、
　雨が降っているでしょう。

M：雨が降ったときは、僕が駅まで傘を持っていき
　ますよ。

F：それでは、お願いします。

女の人は、これからどうしますか。

譯▶ 女士和男士正在交談。請問這位女士接下來會怎麼做呢？

　　F：今天天氣怎麼樣？

　　M：電視氣象說是陰天，而且傍晚以後會下雨哦！

　　F：這樣的話，要帶傘出去比較好吧。

　　M：到三點之前應該還不會下吧！

　　F：可是，回來大概是五點左右，那時應該正在下雨吧？

　　M：要是那時下了雨，我再送傘去車站給妳呀！

　　F：那就麻煩你了。

　　請問這位女士接下來會怎麼做呢？

　　1 帶傘出門，三點左右回來

　　2 帶傘出門，五點左右回來

　　3 不帶傘出門，三點左右回來

　　4 不帶傘出門，五點左右回來

答案：**4**

攻略的要點

» 首先，女士回來的時候是「たぶん5時頃になります」（回來大約是五點左右）。
天氣預報傍晚以後會下雨，所以女士五點回來時，下雨的可能性相當高。女士想
要帶雨傘，不過男士說「雨が降ったときは、僕が駅まで傘を持っていきます
よ」（要是那時下了雨，我再送傘去車站給妳啊），於是，她拜託了男士。總之，
她打消了帶傘的念頭。正確答案是4。

女の人が外国人と話しています。女の人は、どんな料理を作りますか。

F：どんな料理が食べたいですか。

M：日本料理が食べたいです。

F：日本料理にはいろいろありますが、肉と魚ではどちらが好きですか。

M：そうですね。魚が好きです。

F：おはしを使うことができますか。

M：大丈夫です。

F：わかりました。できたらいっしょに食べましょう。

女の人は、どんな料理を作りますか。

外国人（外國人）

料理（料理）

〔**目的語**〕**＋を**（表示動作涉及到「を」前面的對象）

作る（做〔菜〕）

肉（肉）

魚（魚）

箸（筷子）

できる（辦得到；完成）

譯 女士和外國人正在交談。請問這位女士會做什麼樣的菜呢？

F：請問您想吃什麼樣的菜呢？

M：我想吃日本菜。

F：日本菜包括很多種類，請問你比較喜歡吃肉還是吃魚呢？

M：我想想…，我喜歡吃魚。

F：您會用筷子嗎？

M：沒問題。

F：好的，等我做好以後，我們一起吃吧！

請問這位女士會做什麼樣的菜呢？

答案：**3**

攻略的要點

» 從四張圖裡，判斷對話中要說的是料理。這道題要問的是「女士會做什麼樣的菜呢？」。對話中分成兩段說出答案是「日本料理が食べたいです」（我想吃日本菜），跟「魚が好きです」（我喜歡吃魚）。後面再追加一個「會使用筷子」。知道正確答案是 3。

1 コーヒーだけ
2 コーヒーとお茶
3 コーヒーとさとう
4 コーヒーとミルク

電話（電話）

〔到達點〕＋に
（到…）

帰る（回家）

もしもし（喂〔電話
中呼喚或回答〕）

着く（到達）

コーヒー（咖啡）

お茶（茶）

砂糖（砂糖）

男の人と女の人が電話で話しています。男の人は
何を買って帰りますか。

M：もしもし、今、駅に着きましたが、何か買って
　　帰るものはありますか。

F：コーヒーをお願いします。

M：コーヒーだけでいいんですか。お茶は？

F：お茶はまだあります。あ、そうだ、コーヒーに
　　入れる砂糖もお願いします。

M：わかりました。では、また。

男の人は何を買って帰りますか。

譯▶ 男士和女士正在電話中交談。請問這位男士會買什麼
　　東西回來呢？

　　M：喂？我現在剛到車站，有沒有什麼東西要我買回
　　　　去的？

　　F：麻煩買咖啡回來。

　　M：只要咖啡就好嗎？茶呢？

　　F：茶家裡還有。啊，對了！要加到咖啡裡面的砂糖
　　　　也拜託順便買。

　　M：好，那我等一下就回去。

　　請問這位男士會買什麼東西回來呢？

　　1 只要咖啡　　　2 咖啡跟茶
　　3 咖啡跟砂糖　　4 咖啡跟牛奶

答案：**3**

攻略的要點

» 這道題要問的是「男士會買什麼東西回來呢？」。首先，預覽這四個選項，大致
先掌握對話的內容。對話一開始女士先說「コーヒーをお願いします」（麻煩買
咖啡回來），男士問女士，那要不要「お茶」（茶），立即被女士「まだあります」
（還有）給否定掉，馬上消去 2，接下來女士又再追加「砂糖もお願いします」(砂
糖也拜託）。正確答案是 3 的咖啡和砂糖。

第 21 題

track **1-21**

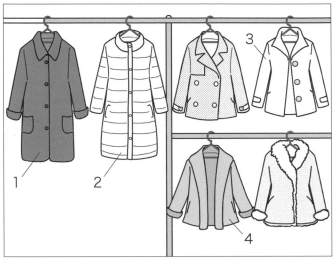

答え
① ② ③ ④

第 22 題

track **1-22**

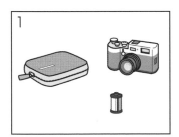 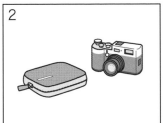

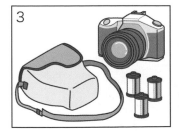 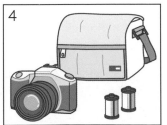

答え
① ② ③ ④

60

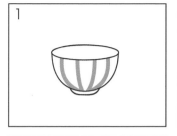

答え
① ② ③ ④

第 24 題   track 1-24

1 ほんやに行きます

2 まんがやざっしなどを読みます

3 せんせいにききます

4 としょかんに行きます

答え
① ② ③ ④

コート（外套）
厚い（厚的）
冬（冬天）
春（春天）
色（顏色）
〜や〜（…和…）
形（形狀）
ボタン（鈕扣）

女の人と店の人が話しています。女の人はどのコートを買いますか。

F：コートを買いたいのですが。

M：いろいろありますが、どんなコートですか。

F：長くて厚い冬のコートは持っていますので、春のコートがほしいです。

M：色や形は？

F：短くて白いコートがいいです。

M：それでは、このコートはいかがでしょう。

F：大きいボタンがかわいいですね。それを買います。

女の人はどのコートを買いますか。

譯▶女士和店員正在交談。請問這位女士會買哪一件外套呢？

　F：我想要買外套。

　M：有很多種款式，請問您想要哪種外套呢？

　F：我已經有冬天的長版厚外套了，想要春天的外套。

　M：顏色和款式呢？

　F：我想要短版的白色外套。

　M：那麼，這件外套如何呢？

　F：大大的鈕釦好可愛喔！我就買那件。

　請問這位女士會買哪一件外套呢？

答案：**3**

攻略的要點

» 首先掌握設問「女士會買哪一件外套呢？」這一大方向。一開始女士說不需要「長くて厚い冬のコート」（冬天的長版厚外套），所以馬上刪掉 1 和 2。接下說想要的是短的白色外套，喜歡有「大きいボタン」（大大的鈕釦）的外套，所以買的是 3。正確答案是 3。

カメラ（相機）
小_{ちい}さい（小的）
軽_{かる}い（輕的）
入_いれる（放入）
ケース（盒子；箱子）
ほうがいい（…比較好）
本_{ぼん}・本_{ほん}・本_{ぼん}（…卷，條，瓶〔長條物的助數詞〕）
とても（非常）

店_{みせ}で、女_{おんな}の人_{ひと}と店_{みせ}の人_{ひと}が話_{はな}しています。女_{おんな}の人_{ひと}は、何_{なに}を買_かいますか。

F：カメラを見_みせてください。

M：旅行_{りょこう}に持_もって行_いくのですか。

F：はい、そうです。ですから、小_{ちい}さくて軽_{かる}いのがいいです。

M：それなら、このカメラがいいですよ。カメラを入_いれるケースもあるほうがいいですね。

F：わかりました。それと、フィルムを1本_{ぼん}ください。

M：はい。このフィルムはとてもきれいな色_{いろ}が出_でますよ。

F：では、そのフィルムをください。

女_{おんな}の人_{ひと}は、何_{なに}を買_かいますか。

譯▶ 女士和店員正在商店裡交談。請問這位女士會買什麼呢？

F：請給我看看相機。
M：請問是要帶去旅行的嗎？
F：對，是的。所以要又小又輕的。
M：這樣的話，這一台相機很不錯喔！裝相機的相機包也要一起備妥比較好喔！
F：好的。還有，請給我一捲底片。
M：好。這種底片拍出來顏色非常漂亮喔！
F：那麼，請給我那種底片。

請問這位女士會買什麼呢？

答案：1

攻略的要點

» 這道題要問的是「女士會買什麼呢？」。首先，預覽這四張圖，判斷對話中出現的東西應該會有「カメラ、ケース、フィルム」。

» 女士買的是「小さくて軽い」（又小又輕）的相機、相機套和一卷底片。這題的選項中，底片的卷數是決定答案的關鍵。雖然「ケース」這個單字對 N5 來說有點難，不過就算聽不懂，看圖應該也能聯想得到了。正確答案是 1。

もんだい
1
2
3
4
答案與解說

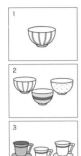

_{おとこ ひと おんな ひと はな}
男の人と女の人が話しています。女の人は、どれ
_と
を取りますか。

M：_{いまい}今井さん、カップを取ってくださいませんか。

F：これですか。

M：それはお_{ちゃわん}茶碗でしょう。コーヒーを_の飲むとき
　　のカップです。

F：ああ、こっちですね。

M：ええ、_{おな}同じものが３_こ個あるでしょう。２個_{こと}取っ
　　てください。２_じ時にお_{きゃく}客さんが_き来ますから。

_{おんな ひと と}
女の人は、どれを取りますか。

譯▶男士和女士正在交談。請問這位女士該拿哪一種呢？

　　M：今井小姐，可以麻煩妳拿杯子嗎？
　　F：是這個嗎？
　　M：那個是碗吧？我說的是喝咖啡用的杯子。
　　F：喔喔，是這一種吧？
　　M：對，那裡不是有相同款式的三只杯子嗎？麻煩拿
　　　　兩個。因為客戶兩點要來。

　　請問這位女士該拿哪一種呢？

どれ（哪個）

_と**取る**（拿）

カップ（杯子）

てくださいませんか
（您能不能…）

_{ちゃわん}**茶碗**（茶碗；飯碗）

こっち（這邊，這
些）

ええ（是，對〔表示
肯定〕）

_{おな}**同じ**（相同）

答案：**4**

攻略的要點

»請用刪去法找出正確答案。首先，因為要的是「カップ」（杯子），不是「茶碗」
（碗），所以不用考慮１和２。從「同じものが３個あるでしょう。２個とってく
ださい」（那裡不是有同款式的三只杯子嗎？麻煩拿兩個）知道最後是從相同款
式的三只杯子中，拿出兩個。所以正確解答是４。

1 ほんやに行きます
2 まんがやざっしなど
　を読みます
3 せんせいにききます
4 としょかんに行きま
　す

もう＋〔肯定〕（已
經…）

うち（〔我〕家）
漫画（漫畫）
雑誌（雜誌）

など（…等）
方（方面）

〔對象（人）〕＋に
（對…）

聞く（詢問）

女の学生と男の学生が話しています。男の学生は
このあとどうしますか。

F：もう宿題は終わりましたか。

M：まだなんです。うちの近くの本屋さんには、い
　　い本がありませんでした。

F：本屋さんは、漫画や雑誌などが多いので、図書
　　館の方がいいですよ。先生に聞きました。

M：そうですね。図書館に行って本をさがします。

男の学生はこのあとどうしますか。

譯▶ 女學生和男學生正在交談。請問這位男學生之後會怎
麼做呢？

F：你作業都寫完了嗎？

M：還沒有。因為我家附近的書店都沒有好書。

F：我聽老師說過，書店裡多半都只有漫畫和雜誌之
　　類的，你最好還是去圖書館喔。

M：妳說得有道理，那我去圖書館找書吧。

請問這位男學生之後會怎麼做呢？

1　去書店

2　看漫畫和雜誌等等

3　去問老師

4　去圖書館

答案：4

攻略的要點

» 男學生雖然去了書店，不過並沒有找到好書。所以他接受女學生的建議，說書
店裡多半都只有漫畫和雜誌之類的，「図書館のほうがいいですよ」（最好還是去
圖書館），而最後選擇去圖書館。正確答案是 4。

1 7 月 7 日
2 7 月 10 日
3 8 月 10 日
4 8 月 13 日

答え
① ② ③ ④

1 10 じ
2 12 じ
3 13 じ
4 14 じ

答え
① ② ③ ④

第 27 題

track 1-27

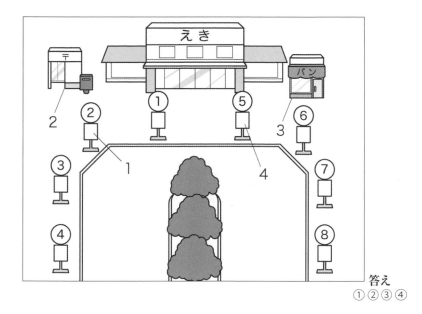

答え
① ② ③ ④

第 28 題

track 1-28

1 コート
2 マスク
3 ぼうし
4 てぶくろ

答え
① ② ③ ④

● 用刪去法刪去被否決的選項，「じゃあ」後面的句子是關鍵。　　**track 1-25** 🔘

1 7月7日
2 7月10日
3 8月10日
4 8月13日

〔句子〕＋か（嗎）

暑い（〔天氣〕熱的）

七日（七號；七天）

来月（下個月）

水曜日（星期三）

おじいさん（爺爺；
外公）

おばあさん（奶奶；
外婆）

十日（十號；十天）

女の人と男の人が話しています。二人は、いつ海
に行きますか。

F：毎日、暑いですね。

M：ああ、もう7月7日ですね。

F：いっしょに海に行きませんか。

M：7月中は忙しいので、来月はどうですか。

F：13日の水曜日から、おじいさんとおばあさん
　　が来るんです。

M：じゃあ、その前の日曜日の10日に行きましょ
　　う。

二人は、いつ海に行きますか。

譯 女士和男士正在交談。請問他們兩人什麼時候要去海
邊呢？

　F：每天都好熱喔！

　M：是啊，已經七月七號了嘛！

　F：要不要一起去海邊呢？

　M：我七月份很忙，下個月再去好嗎？

　F：從十三號星期三起，我爺爺奶奶要來家裡。

　M：那麼，就提早在十號的星期日去吧！

　請問他們兩人什麼時候要去海邊呢？

　1 七月七號　　　 2 七月十號

　3 八月十號　　　 4 八月十三號

答案：3

攻略的要點

» 因為提到「7月中は忙しいので、来月はどうですか」（七月份很忙，下個月再
去好嗎？），所以之後接下來說的都是指八月期間的計畫。因為提到「日曜日の
10 日に行きましょう」（十號的星期日去吧），所以去的日子是八月十日。正確
答案是 3。

第 26 題　◉ 沒有明確說出答案的題目，留意「そのあと」等說法。　track 1-26 ◉

1 10 じ
2 12 じ
3 13 じ
4 14 じ

ひと
人（人）

はな
話す（說〔話〕）

ころ・ごろ（時候）

しごと
仕事（工作）

その（那個）

はん
半（…半）

わ
分かる（知道）

どうし
動詞まえに（…前）

おんな　ひと　おとこ　ひと　はな
女の人と男の人が話しています。女の人は、明日
なんじ　　　　でんわ
何時ごろ電話しますか。

F：明日の午後、電話したいんですが、いつがいい
　　　ですか。

M：明日は、仕事が 12 時半までで、そのあと、午
　　　後の 1 時半にはバスに乗るから、その前に電話
　　　してください。

F：分かりました。じゃあ、仕事が終わってから、
　　　バスに乗る前に電話します。

おんな　ひと　　あしたなんじ　　でんわ
女の人は、明日何時ごろ電話しますか。

譯▶女士和男士正在交談。請問這位女士明天大約幾點會
打電話呢？

　　F：明天下午我想打電話給你，幾點方便呢？
　　M：明天我工作到十二點半結束，之後下午一點半前
　　　　要搭巴士，所以請在那之前打給我。
　　F：我知道了。那麼，我會在你工作結束後、搭巴士
　　　　之前打電話過去。

　　請問這位女士明天大約幾點會打電話呢？

　　1 十點
　　2 十二點
　　3 下午一點
　　4 下午兩點

答案：3

攻略的要點

» 男士比較方便的是十二點半開始到一點半為止的這段時間。選項 3 寫的「13 じ」
就是下午一點，剛好在這段時間內。正確答案是 3。這是考時間的題型，對話中
幾乎沒有直接說出考試點的時間，必須經過判斷或加減乘除的計算。

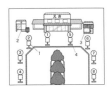

かける（電話を）（打〔電話〕）

初めに（第一次）

ところ（地方）

降りる（下〔車〕）

分・分（…分）

くらい・ぐらい（左右）

～に～があります／います（在…有…）

おいしい（好吃的）

駅で、男の人が女の人に電話をかけています。男の人は、初めにどこに行きますか。

M：今、駅に着きました。

F：わかりました。では、5番のバスに乗って、あおぞら郵便局というところで降りてください。15分ぐらいです。

M：2番のバスですね。郵便局の前の……。

F：いいえ、5番ですよ。郵便局は降りるところです。

M：ああ、そうでした。わかりました。駅の近くにパン屋があるので、おいしいパンを買っていきますね。

F：ありがとうございます。では、郵便局の前で待っています。

男の人は、初めにどこに行きますか。

譯▶男士正在車站裡打電話給女士。請問這位男士會先到哪裡呢？

　　M：我剛剛到車站了。

　　F：好的。那麼，現在去搭五號巴士，請在一個叫作青空郵局的地方下車。大概要搭十五分鐘。

　　M：二號巴士對吧？是在郵局前面…。

　　F：不對，是五號喔！郵局是下車的地方。

　　M：喔喔，這樣喔，我知道了。車站附近有麵包店，我會買好吃的麵包帶過去的。

　　F：謝謝你。那麼，我會在郵局前面等你。

　　請問這位男士會先到哪裡呢？

答案：**3**

攻略的要點

» 男士現在的所在位置是車站。接著要從車站前的五號公車站牌搭公車，在一個叫做青空郵局的公車站下車，和女士見面。不過，在這之前因為提到「駅の近くにパン屋があるので、おいしいパンを買っていきますね」（車站附近有麵包店，我會買好吃的麵包帶過去的），所以在搭公車之前會先去麵包店。正確答案是 3。

もんだい

1

2

3

4

答案與解說

1 コート
2 マスク
3 ぼうし
4 てぶくろ

どれ（哪個）

使う（使用）

行ってきます（我出門了）

着る（穿）

動詞ないで（不…）

寒い（寒冷的）

暖かい（溫暖的）

また（又）

男の人と女の人が話しています。男の人はどれを使いますか。

M：行ってきます。

F：えっ、上に何も着ないで出かけるんですか。

M：ええ、朝は寒かったですが、今はもう暖かいので、いりません。

F：でも、今日は午後からまた寒くなりますよ。

M：そうですか。じゃ、着ます。

男の人はどれを使いますか。

譯▶ 男士和女士正在交談。請問這位男士會穿戴哪一個呢？

M：我出門了。

F：嗄？你什麼外套都沒穿就要出門了嗎？

M：是啊，早上雖然很冷，可是現在已經很暖和，不用多穿了。

F：可是，今天從下午開始又會變冷喔！

M：這樣哦？那，我加穿衣服吧。

請問這位男士會穿戴哪一個呢？

1 外套　2 口罩　3 帽子　4 手套

答案：**1**

攻略的要點

» 這道問題要問的是「男士會穿戴哪一個呢？」。從最後一句的「じゃ、着ます」(那，我加穿衣服吧)，知道男士為了禦寒，外面想要「着る」(穿)某樣東西。選項當中，只有 1 的「コート」(外套) 可以使用「着る」(穿) 這個動詞。正確答案是 1。其他，「戴口罩」大多用「マスクをする」或「マスクをつける」這兩種說法。「戴帽子」只有「帽子をかぶる」的說法。「戴手套」則是「手袋をする」或「手袋をはめる」。

1　6 こ
2　10 こ
3　12 こ
4　16 こ

答え
① ② ③ ④

答え
① ② ③ ④

第31題
track 1-31 ○

1 きょうしつのまえのろうか
2 がっこうのしょくどう
3 せんせいがたのへや
4 Ｂぐみのきょうしつ

答え
① ② ③ ④

第32題
track 1-32 ○

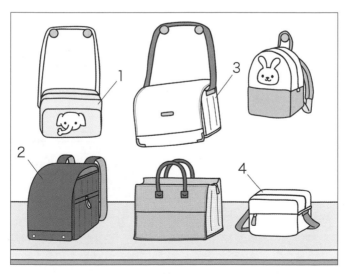

答え
① ② ③ ④

1 6 こ
2 10 こ
3 12 こ
4 16 こ

<ruby>卵<rt>たまご</rt></ruby>（蛋）

<ruby>全部<rt>ぜんぶ</rt></ruby>（全部）

スーパー（超市）

<ruby>箱<rt>はこ</rt></ruby>（箱子，盒子）

<ruby>入る<rt>はいる</rt></ruby>（放入）

動詞ている〔結果
或狀態的持續〕（…
著）

<ruby>客<rt>きゃく</rt></ruby>（客人）

<ruby>少ない<rt>すく</rt></ruby>（少的）

<ruby>女<rt>おんな</rt></ruby>の<ruby>人<rt>ひと</rt></ruby>と<ruby>男<rt>おとこ</rt></ruby>の<ruby>人<rt>ひと</rt></ruby>が<ruby>話<rt>はな</rt></ruby>しています。<ruby>男<rt>おとこ</rt></ruby>の<ruby>人<rt>ひと</rt></ruby>は<ruby>卵<rt>たまご</rt></ruby>を<ruby>全<rt>ぜん</rt></ruby><ruby>部<rt>ぶ</rt></ruby>で<ruby>何個<rt>なんこ</rt></ruby><ruby>買<rt>か</rt></ruby>いますか。

F：スーパーで<ruby>卵<rt>たまご</rt></ruby>を<ruby>買<rt>か</rt></ruby>ってきてください。

M：<ruby>箱<rt>はこ</rt></ruby>に 10 <ruby>個<rt>こ</rt></ruby><ruby>入<rt>はい</rt></ruby>っているのでいいですか。

F：<ruby>客<rt>きゃく</rt></ruby>さんが<ruby>来<rt>く</rt></ruby>るので、それだけじゃ<ruby>少<rt>すく</rt></ruby>ないです。

M：あと<ruby>何個<rt>なんこ</rt></ruby>いるんですか。

F：<ruby>箱<rt>はこ</rt></ruby>に 6 <ruby>個<rt>こ</rt></ruby><ruby>入<rt>はい</rt></ruby>っているのがあるでしょう。それもお<ruby>願<rt>ねが</rt></ruby>いします。

M：わかりました。

<ruby>男<rt>おとこ</rt></ruby>の<ruby>人<rt>ひと</rt></ruby>は<ruby>卵<rt>たまご</rt></ruby>を<ruby>全<rt>ぜん</rt></ruby><ruby>部<rt>ぶ</rt></ruby>で<ruby>何個<rt>なんこ</rt></ruby><ruby>買<rt>か</rt></ruby>いますか。

譯▶女士和男士正在交談。請問這位男士總共會買幾顆雞蛋呢？

F：麻煩你去超級市場幫忙買雞蛋回來。
M：買一盒十顆包裝的那種就可以嗎？
F：有客人要來，單買一盒不夠。
M：還缺幾顆呢？
F：不是有一盒六顆包裝的嗎？那個也麻煩買一下。
M：我知道了。

請問這位男士總共會買幾顆雞蛋呢？

1 六顆　2 十顆　3 十二顆　4 十六顆

答案：**4**

攻略的要點

» 對於男士說買「10 個入っているの」（十入裝的）就可以了嗎？這一詢問，女士提到「それだけじゃ少ない」（單買一盒不夠）。而對於「6 個入っているの」（六入裝的），也說了「お願いします」（麻煩買一下），知道要買的是「十入裝的」和「六入裝的」各買一盒。正確答案是 4。

» 這道數量題型對話中雖然直接說出答案，但是分段說出，再加上對話中有些機關，所以不僅要聽準，還要進行判斷，才能得出正確答案。

74

第30題　◉ 注意表示決定的「～にします」是本題關鍵句。　track 1-30

男の人と女の人が話しています。男の人は、この
後、何を食べますか。

M：晩ご飯、おいしかったですね。この後、何か食
　べますか。

F：果物が食べたいです。それから、紅茶もほしい
　です。

M：僕は、果物よりおかしが好きだから、ケーキに
　します。

F：私もケーキは好きですが、太るので、晩ご飯の
　後には食べません。

男の人は、この後、何を食べますか。

後（…後）
晩ご飯（晩餐）
果物（水果）
紅茶（紅茶）
お菓子（糕點）
ケーキ（蛋糕）
太る（肥胖）

譯 男士和女士正在交談。請問這位男士之後會吃什麼
呢？

M：這頓晚餐真好吃！接下來要吃什麼呢？
F：我想吃水果。還有，也想喝紅茶。
M：比起水果，我更喜歡吃甜點，我要吃蛋糕。
F：我也喜歡吃蛋糕，但是會變胖，所以晚餐之後不
　吃。

請問這位男士之後會吃什麼呢？

答案：4

攻略的要點

» 這道題要抓住設問的主題在「男士之後會吃什麼呢？」首先，預覽這四張圖，
判斷對話中出現的東西應該會有「果物（りんご、みかん）、紅茶、ケーキ」。同
樣地，對話還沒開始前，要立即想出這幾樣東西的日文。

» 問題重點在「男士」身上，但由於一開始話題的重點在女士身上，談話方向很
容易被混淆了，要冷靜抓住方向。然後排除女士說的「果物」、「紅茶」。最後，
男士終於說出答案「僕は、～ケーキにします」（我…要吃蛋糕），可以知道答案
是 4。「にします」（要…，決定…）表示決定、選定某事物。

1 きょうしつのまえの
　ろうか
2 がっこうのしょくど
　う
3 せんせいがたのへや
4 Ｂぐみのきょうしつ

先生 (老師)

〔場所〕＋で (在…)

廊下 (走廊)

落ちる (掉，落)

さっき (剛才)

方 (們)

始まる (開始)

組・組 (…班)

学校で、女の人と男の人が話しています。男の人は、後でどこに行きますか。

Ｆ：山田先生があなたをさがしていましたよ。

Ｍ：えっ、どこでですか。

Ｆ：教室の前のろうかでです。あなたのさいふが学校の食堂に落ちていたと言っていましたよ。

Ｍ：そうですか。山田先生は今、どこにいるのですか。

Ｆ：さっきまで先生方の部屋にいましたが、もう授業が始まったので、Ｂ組の教室にいます。

Ｍ：じゃ、授業が終わる時間に、ちょっと行ってきます。

男の人は、後でどこに行きますか。

譯 ▶ 女士和男士正在學校裡交談。請問這位男士之後要去哪裡呢？

　Ｆ：山田老師在找你喔！

　Ｍ：嗄？在哪裡遇到的呢？

　Ｆ：在教室前面的走廊。說是你的錢包掉在學校餐廳裡了。

　Ｍ：原來是這樣哦。山田老師現在在哪裡呢？

　Ｆ：剛才還在教師們的辦公室裡，可是現在已經開始上課了，所以在Ｂ班的教室。

　Ｍ：那，等下課以後我去一下。

　請問這位男士之後要去哪裡呢？

　1 教室前面的走廊　　　2 學校的餐廳
　3 教師們的辦公室　　　4 Ｂ班的教室

答案：**4**

攻略的要點

» 男士想去見山田老師。而山田老師現在「Ｂ組の教室にいます」（Ｂ班的教室）。但是因為現在是上課時間，不能打擾他，所以只能在下課時間，再去見他。正確答案是4。

» 這類題型談論的地點多，干擾性強，屬於略聽，所以可以不必拘泥於聽懂每一個字，重點在抓住談話的主題，或是整體的談話方向。

店（店家）

かばん（包包）

ある（〔無生命體或植物〕有）

お子さん（您孩子）

あれ（那個）

どう（如何）

〜が＋自動詞（表示無人為意圖發生的動作）

つく（附著）

店で、女の人と店の人が話しています。店の人は、どのかばんを取りますか。

F：子どもが学校に持っていくかばんはありますか。

M：お子さんはいくつですか。

F：12歳です。

M：では、あれはどうですか。絵がついていない、白いかばんです。大きいので、にもつがたくさん入りますよ。動物の絵がついているのは、小さいお子さんが使うものです。

店の人は、どのかばんを取りますか。

譯 女士和店員正在商店裡交談。請問這位店員會拿出哪一個包包呢？

F：有沒有適合兒童帶去學校用的包包呢？

M：請問您的孩子是幾歲呢？

F：十二歲。

M：那麼，那個可以嗎？上面沒有圖案，是白色的包包，容量很大，可以放很多東西喔！有動物圖案的是小小孩用的。

請問這位店員會拿出哪一個包包呢？

答案：**3**

攻略的要點

» 請用刪去法找出正確答案。首先掌握設問「店員會拿出哪一個包包呢？」這一大方向。因為店員提到「絵がついていない、白いかばん」（沒有圖案，白色的包包），所以只有選項3、4符合。接著，又提到「大きいので」（因為很大），所以小的選項4可以刪掉。正確答案是3。

track **1-33**

1 プールでおよぎます
2 本をよみます
3 りょこうに行きます
4 しゅくだいをします

答え
① ② ③ ④

track **1-34**

答え
① ② ③ ④

第35題

track **1-35**

1 へやをあたたかくします
2 あついコーヒーをのみます
3 ばんごはんをたべます
4 おふろに入ります

答え
① ② ③ ④

第36題

track **1-36**

1 ホテルのちかくのレストラン
2 えきのちかくのレストラン
3 ホテルのちかくのパンや
4 ホテルのじぶんのへや

答え
① ② ③ ④

1 プールでおよぎます
2 本をよみます
3 りょこうに行きます
4 しゅくだいをします

夏休み（暑假）

まず（首先）

プール（游泳池）

日本語（日語）

〔方法・手段〕で
（用…）

作文（作文）

やる（做）

遊ぶ（遊玩）

女の留学生と男の留学生が話しています。男の留学生は、夏休みにまず何をしますか。

F：夏休みには、何をしますか。

M：プールで泳ぎたいです。本もたくさん読みたいです。それから、すずしいところに旅行にも行きたいです。

F：わたしの学校は、夏休みの宿題がたくさんありますよ。あなたの学校は？

M：ありますよ。日本語で作文を書くのが宿題です。宿題をやってから遊ぶつもりです。

男の留学生は、夏休みにまず何をしますか。

譯▶ 女留學生和男留學生正在交談。請問這位男留學生暑假時最先會做什麼呢？

F：你暑假要做什麼呢？

M：我想去泳池游泳，也想看很多書。然後，還想去涼爽的地方旅行。

F：我的學校給了很多暑假作業耶！你的學校呢？

M：有啊！作業是用日文寫作文。我打算先做完作業後再去玩。

請問這位男留學生暑假時最先會做什麼呢？

1 在泳池游泳　　2 看書
3 去旅行　　　　4 做作業

答案：**4**

攻略的要點

» 首先掌握設問「男留學生暑假時最先會做什麼呢？」這一大方向。相同地，這道題也談論了許多的事情。首先男留學生說「想去游泳、想看很多書、想去涼爽的地方旅行」，但這都被這一句給否定了「宿題をやってから遊ぶつもり」（打算先做完作業後再去玩）。所以首先要做的事是做作業。正確答案是 4。

» 「接下要做什麼」、「首先要做什麼」這類的題型，一般常在動作和動作之間用了「まず・そして・てから・最後」等詞語，只要隨著主題，聽解細節，跟上談話思路，邊聽邊在選項上做記號，就容易迎刃而解了。

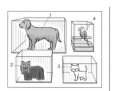

ペット（寵物）

買う（買）

大きな（大的）

いかが（如何）

かわいい（可愛的）

より〜ほう（比…更…）

鳥（鳥）

決める（決定）

ペットの店で、男のお店の人と女の客が話しています。女の客はどれを買いますか。

M：あの大きな犬はいかがですか。

F：家がせまいから、小さい動物の方がいいんですが。

M：では、あの毛が長くて小さい犬は？かわいいでしょう。

F：あのう、犬よりねこの方が好きなんです。

M：じゃ、あの白くて小さいねこは？かわいいでしょう。

F：あ、かわいい。まだ子ねこですね。

M：鳥も小さいですよ。

F：いえ、もうあっちに決めました。

女の客はどれを買いますか。

譯▶ 男店員和女顧客正在寵物店裡交談。請問這位女顧客會買哪一隻動物呢？

　　M：您覺得那隻大狗如何呢？

　　F：家裡很小，小動物比較適合。

　　M：那麼，那隻長毛的小狗呢？很可愛吧？

　　F：呃，比起狗，我更喜歡貓。

　　M：那麼，那隻白色的小貓呢？很可愛吧？

　　F：啊！好可愛！還是一隻小貓咪吧？

　　M：鳥的體型也很小哦！

　　F：不用了，我已經決定要那一隻了。

　　請問這位女顧客會買哪一隻動物呢？

答案：**3**

攻略的要點

» 請用刪去法找出正確答案。首先，大隻狗不行，接著小隻狗也不要，提到貓的時候，說了「かわいい」（好可愛），所以貓的選項先保留。提到鳥時，說「いえ」（不用了）拒絕了，然後又說「あっちに決めました」（我已經決定要那一隻了），所以最後決定選擇買貓。正確答案是 3。

1 へやをあたたかくします
2 あついコーヒーをのみます
3 ばんごはんをたべます
4 おふろに入ります

なに
何（什麼）

かえ
お帰りなさい（你回來了）

形容詞く＋します
（使…）

うん（嗯〔應答〕）
あつ
熱い（熱的）

すぐ（馬上）
ふろ
お風呂（洗澡）
ようい
用意（準備）

おんな　ひと　おとこ　ひと　はな　　　　　　　　　おとこ　ひと
女の人と男の人が話しています。男の人は、この
はじ　　　なに
あと初めに何をしますか。

F：おかえりなさい。寒かったでしょう。今、部
や　あたた
屋を暖かくしますね。

M：うん、ありがとう。

F：熱いコーヒーを飲みますか。すぐ晩ご飯を食
べますか。
ばん　はん　まえ
M：晩ご飯の前に、おふろのほうがいいです。

F：どうぞ。おふろも用意してあります。

おとこ　ひと　　　　　　　　　　はじ　　なに
男の人は、このあと初めに何をしますか。

譯 女士和男士正在交談。請問這位男士之後要先做什麼呢？

F：你回來了！外面很冷吧？我現在就開暖氣喔！

M：嗯，謝謝。

F：要不要喝熱咖啡？晚飯要現在吃嗎？

M：我想在吃晚飯前先洗澡。

F：去洗吧，洗澡水已經放好了。

請問這位男士之後要先做什麼呢？

1 開室內暖氣
2 喝熱咖啡
3 吃晚飯
4 洗澡

答案：4

攻略的要點

» 因為說了「晩ご飯の前に、おふろのほうがいいです」（我想在吃飯前先洗澡），所以是洗澡之後才吃晚餐，答案是 4。選項 1 錯在把房間弄暖的是女士。至於選項 2，男士要不要喝咖啡，對話中並沒有提到。

もんだい

1

2

3

4

答案與解說

1 ホテルのちかくのレ
　ストラン
2 えきのちかくのレス
　トラン
3 ホテルのちかくのパ
　ンや
4 ホテルのじぶんのへ
　や

駅（車站）

遠い（遙遠的）

呼ぶ（呼叫）

動詞ましょうか（…
吧）

パン屋（麵包店）

中（裡面）

売る（販賣）

フロント（櫃臺，服
務台）

男の人とホテルの女の人が話しています。男の人
は、どこで晩ご飯を食べますか。

M：晩ご飯をまだ食べていません。近くにレストラ
　　ンはありますか。

F：駅の近くにありますが、ホテルから遠いです。
　　タクシーを呼びましょうか。

M：そうですね……。パン屋はありますか。

F：パンは、ホテルの中の店で売っています。

M：そうですか。疲れていますので、パンを買って、
　　部屋で食べたいです。

F：パン屋はフロントの前です。

男の人は、どこで晩ご飯を食べますか。

譯 男士和旅館女性員工正在交談。請問這位男士要在哪
　 裡吃晚餐呢？

　M：我還沒吃晚餐，這附近有餐廳嗎？

　F：車站附近有，但是從旅館去那裡太遠了。要幫您
　　　叫計程車嗎？

　M：這樣哦…，有麵包店嗎？

　F：麵包的話，在旅館附設的麵包店有販售。

　M：這樣啊。我很累了，想買麵包帶回房間裡吃。

　F：麵包店在櫃臺前方。

　請問這位男士要在哪裡吃晚餐呢？

　1 旅館附近的餐廳
　2 車站附近的餐廳
　3 旅館附近的麵包店
　4 旅館內自己的房間裡

答案：**4**

攻略的要點

» 因為提到「パンを買って、部屋で食べたいです」（想買麵包帶回房間裡吃），
　也就是「ホテルのじぶんのへや」（旅館內自己的房間裡），所以正確解答是 4。

track **1-37**

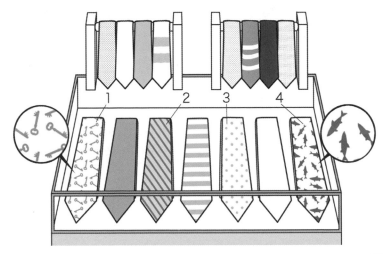

答え
① ② ③ ④

track **1-38**

1 ぎんこう
2 いえのまえのポスト
3 ゆうびんきょく
4 ぎんこうのまえのポスト

答え
① ② ③ ④

第 39 題　　　　　　　　　　　track 1-39 ○

答え
① ② ③ ④

第 40 題　　　　　　　　　　　track 1-40 ○

1 でんしゃ
2 あるきます
3 じてんしゃ
4 タクシー

答え
① ② ③ ④

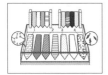

ネクタイ（領帶）

締める（繫〔領帶〕）

ここ（這裡）

疑問詞＋も（都）

ガラス（玻璃）

おもしろい（有趣的）

合う（搭配）

デパートで、男の人と店の人が話しています。男の人はどのネクタイを買いますか。

M：青いシャツにしめるネクタイを探しているんですが……。

F：何色が好きですか。

M：ここにあるのは、どれもいい色ですね。

F：何の絵のがいいですか。

M：ガラスのケースの中の、鍵の絵のはおもしろいですね。青いシャツにも合うでしょうか。

F：大丈夫ですよ。

男の人はどのネクタイを買いますか。

譯▶ 男士正在百貨公司裡和店員交談。請問這位男士要買的是哪一條領帶呢？

　　M：我正在找適合搭配藍色襯衫的領帶…。

　　F：您喜歡什麼顏色呢？

　　M：陳列在這裡的每一條都是不錯的顏色耶！

　　F：什麼圖案的比較喜歡呢？

　　M：擺在玻璃櫥裡那條鑰匙圖案的蠻有意思的。不曉得適不適合搭在藍色襯衫上呢？

　　F：很適合喔！

　　請問這位男士要買的是哪一條領帶呢？

答案：**1**

攻略的要點

≫ 針對男士的喜好，首先，在顏色方面他說「どれもいい色」（每一條都是不錯的顏色）。接著，還提到「鍵の絵のはおもしろい」（鑰匙圖案的蠻有意思），所以考慮的是選項1。雖然男士擔心那條領帶不知道是否「青いシャツにも合う」（適合藍色襯衫），但經過店員的保證說「大丈夫ですよ」（很適合的喔），所以男士要買的是1。正確答案是1。

第 38 題 ● 雖然男士最後說去銀行就回來，但銀行之前要先去郵局。 track 1-38 ●

1 ぎんこう
2 いえのまえのポスト
3 ゆうびんきょく
4 ぎんこうのまえのポスト

この（這個）
家（家）
貼る・張る（張貼）
私（我）
僕（我〔男性自稱〕）
そう（這樣啊）
預ける（存放）

男の人と女の人が話しています。男の人ははじめにどこへ行きますか。

M：これから銀行に行くんですが、この手紙、家の前のポストに入れましょうか。

F：いえ、それは、まだ切手を貼っていないので、あとでわたしが郵便局に行って出しますよ。

M：それじゃ、銀行に行く前にぼくが郵便局に行きますよ。

F：そう。では、そうしてください。

M：わかりました。銀行に行ってお金を預けたら、すぐ帰ります。

男の人ははじめにどこへ行きますか。

譯▶男士和女士正在交談。請問這位男士會先去哪裡呢？

M：我現在要去銀行，這封信要不要幫妳投進我們家前面的郵筒裡呢？

F：不用。那封信還沒有貼郵票，我等一下再去郵局寄就好囉！

M：那麼，我去銀行之前，先去郵局一趟吧！

F：是哦？那麼麻煩你了。

M：好的。我去銀行存款之後馬上回來。

請問這位男士會先去哪裡呢？

1 銀行　　　　　2 住家前面的郵筒
3 郵局　　　　　4 銀行前面的郵筒

答案：**3**

攻略的要點

» 如果問題裡面出現了「はじめに」（最初）、「まず」（首先）等字眼，那麼對話中提到「要去的地方、要做的事等」一定不只一件。只要預覽試卷上的圖或文字，事先掌握相關單字，甚至判斷場景，接下來就是聽準每個動作或場所，配合插圖或文字，利用刪去法，並注意有無插入動作，就可以得出答案了。

» 這題要考從幾個地方中，選出第一個要去的地方。因為男士說「これから銀行に行くんです」（現在要去銀行），所以要注意聽去銀行之前，有無插入其他要先去的地方。因為男士提到「銀行に行く前にぼくが郵便局に行きますよ」（去銀行之前，先去郵局一趟吧），女士也提出「では、そうしてください」（那就麻煩你了）的請求，知道最先去的地方是郵局。正確答案是3。

お母さん（母親）

たち（們）

テーブル（飯桌）
お皿（盤子）
並べる（排列）

動詞＋て（連接短句）
（表示並列幾個動作
或狀態）
冷蔵庫（冰箱）
飾る（裝飾）

お母さんが子どもたちに話しています。まり子は何をしますか。

F1：今日はおじいさんの誕生日ですから、料理をたくさん作りますよ。はな子はテーブルにお皿を並べて、さち子は冷蔵庫からお酒を出してください。

F2：わたしは？

F1：まり子は、テーブルに花をかざってください。

まり子は何をしますか。

譯 媽媽正對著女兒們說話。請問真理子該做什麼呢？

　　F1：今天是爺爺的生日，要做很多菜喔！花子幫忙在桌上擺盤子，幸子幫忙把酒從冰箱裡拿出來。

　　F2：我呢？

　　F1：真理子幫忙把花放到桌上做裝飾。

　　請問真理子該做什麼呢？

答案：**2**

攻略的要點

» 道題要問的是「真理子該做什麼呢？」。對話內容直接提到「まり子は、テーブルに花をかざってください」（真理子幫忙把花放到桌上做裝飾）。所以正確解答是2。

» 記住，聽力考試的訣竅就是：邊聽（全神貫注）！邊記（簡單記下）！邊刪（用刪去法）！

1 でんしゃ
2 あるきます
3 じてんしゃ
4 タクシー

顔（臉）
青い（藍色的）
電車（電車）
おなか（肚子）
痛い（痛的）
形容詞く＋なります
（變…）
自転車（單車）
すみません（不好意思）

女の人と男の人が話しています。男の人は、何で病院に行きますか。

F：顔色が青いですよ。

M：電車の中でおなかが痛くなったんです。

F：すぐ、近くの病院へ行った方がいいですね。

M：でも、病院まで歩きたくありません。

F：自転車は？

M：いえ、すみませんが、タクシーをよんでくださいませんか。

男の人は、何で病院に行きますか。

譯 ▶ 女士和男士正在交談。請問這位男士怎麼到醫院呢？

　　F：您的臉色發青耶！

　　M：在電車裡忽然肚子痛了起來。

　　F：馬上去附近的醫院比較好喔！

　　M：可是，我不想走路去醫院。

　　F：騎自行車可以嗎？

　　M：不行。不好意思，可以麻煩妳幫我叫一輛計程車嗎？.

　　請問這位男士怎麼到醫院呢？

　　1 電車
　　2 步行
　　3 自行車
　　4 計程車

答案：4

攻略的要點

» 男士稍早在電車裡覺得身體不太舒服，所以電車並不是他接下來打算要選擇的交通工具。再加上，男士不想走路，女士建議他騎自行車，也被他用「いえ」(不行)給否決掉。最後，男士提出請求說「タクシーをよんでくださいませんか」(可以麻煩妳幫我叫一輛計程車嗎)，知道他是搭計程車到醫院了。正確答案是4。

» 另外，日語的「顔色」跟中文「顏色」意思不同，日語的「顔色」是「臉色」的意思喔！

track **1-41**

1 ほんをよみます
2 かいものに行きます
3 きゃくをまちます
4 おちゃのよういをします

答え
① ② ③ ④

track **1-42**

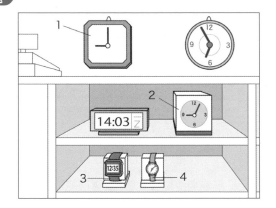

答え
① ② ③ ④

track **1-43**

1 くろのえんぴつ
2 あおのまんねんひつ
3 くろのボールペン
4 あおのボールペン

答え
① ② ③ ④

1 ほんをよみます
2 かいものに行きます
3 きゃくをまちます
4 おちゃのよういをします

動詞ています（動作進行中）（正在…）

する（做）

さん（先生；小姐）

時（點〔鐘〕）

出す（給；拿出）

もの（東西）

〔疑問詞〕＋か（嗎）

お（表示鄭重）

会社で、女の人と男の人が話しています。男の人は今から何をしますか。

F：佐藤さん、ちょっといいですか。

M：何でしょう。今、仕事で使う本を読んでいるんですが。

F：ちょっと買い物を頼みたいんです。

M：2時にお客さんが来ますよ。

F：その、お客さんに出すものですよ。

M：わかりました。何を買いましょうか。

F：何か果物をお願いします。私はお茶の用意をします。

男の人は今から何をしますか。

譯 女士和男士正在公司裡交談。請問這位男士接下來要做什麼呢？

F：佐藤先生，可以打擾一下嗎？

M：什麼事？我現在正在看工作上要用到的書。

F：我想請你幫忙去買點東西。

M：兩點有客戶要來喔！

F：就是要招待那位客戶的東西呀！

M：我知道了。要買什麼呢？

F：麻煩你去買點水果。我來準備茶水。

請問這位男士接下來要做什麼呢？

1 看書　　　　　2 去買東西
3 等客戶　　　　4 準備茶水

答案：**2**

攻略的要點

» 首先掌握設問「男士接下要做什麼？」這一大方向。首先看到四個選項，大致就能知道談論的就是這四件事了。

» 首先是男士一直都在看書，不過，他答應要去買女士拜託他買的東西，所以「今から」要做的事情是去買東西。買的物品是水果「何か果物をお願いします」（麻煩你去買點水果）。正確答案是 2。

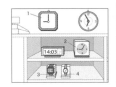

時計 (時鐘；手錶)

壁 (牆壁)

かける (掛)

置く (放置)

目 (眼睛)

悪い (壞的，不好的)

数字 (數字)

はっきり (清楚地)

女の人と店の男の人が話しています。店の男の人はどの時計をとりますか。

F：時計を買いたいのですが。

M：壁にかける大きな時計ですか。机の上などに置く時計ですか。

F：いえ、腕にはめる腕時計です。目が悪いので、数字が大きくて、はっきりしているのがいいです。

M：わかりました。ちょうどいいのがありますよ。

店の男の人はどの時計をとりますか。

譯 女士和男店員正在交談。請問這位男店員會把哪一只鐘錶拿出來呢？

F：我想買鍾錶。

M：是掛在牆上的大時鐘嗎？還是擺在桌上之類的時鐘呢？

F：不是，是戴在手上的手錶。我視力不佳，想要買數字大、看得清楚的。

M：好的。剛好有符合您需求的手錶。

請問這位男店員會把哪一只鐘錶拿出來呢？

答案：**3**

攻略的要點

» 請用刪去法找出正確答案。不管是男店員問的「壁にかける大きな時計」(掛在牆上的大時鐘) 或是「机の上などに置く時計」(擺在桌上之類的時鐘) 的選項，都被女士的「いえ」(不是) 給否定掉了，所以選項1、2是不正確的。知道女士想要的是手錶，而手錶有3、4這兩個選項。但是因為女士提到「数字が大きくてはっきりしているのがいい」(想要數字大，看得清楚的)，所以符合需求的是3。正確答案是3。

1 くろのえんぴつ
2 あおのまんねんひつ
3 くろのボールペン
4 あおのボールペン

<ruby>鉛筆<rt>えんぴつ</rt></ruby>（鉛筆）

よい（好的）

<ruby>字<rt>じ</rt></ruby>（字）

<ruby>消える<rt>き</rt></ruby>（消失）

ので（原因）（因為…
所以…）

<ruby>万年筆<rt>まんねんひつ</rt></ruby>（鋼筆）

<ruby>黒<rt>くろ</rt></ruby>（黑色）

<ruby>青<rt>あお</rt></ruby>（藍色）

<ruby>女<rt>おんな</rt></ruby>の<ruby>人<rt>ひと</rt></ruby>と<ruby>男<rt>おとこ</rt></ruby>の<ruby>人<rt>ひと</rt></ruby>が<ruby>話<rt>はな</rt></ruby>しています。<ruby>男<rt>おとこ</rt></ruby>の<ruby>人<rt>ひと</rt></ruby>は、<ruby>何<rt>なに</rt></ruby>で<ruby>名前<rt>なまえ</rt></ruby>を<ruby>書<rt>か</rt></ruby>きますか。

F：ここに<ruby>名前<rt>なまえ</rt></ruby>を<ruby>書<rt>か</rt></ruby>いてください。

M：はい。<ruby>鉛筆<rt>えんぴつ</rt></ruby>でいいですね。

F：いえ、<ruby>鉛筆<rt>えんぴつ</rt></ruby>はよくないです。

M：どうしてですか。

F：<ruby>鉛筆<rt>えんぴつ</rt></ruby>の<ruby>字<rt>じ</rt></ruby>は<ruby>消<rt>き</rt></ruby>えるので、ボールペンか、<ruby>万年筆<rt>まんねんひつ</rt></ruby>で<ruby>書<rt>か</rt></ruby>いてください。<ruby>色<rt>いろ</rt></ruby>は、<ruby>黒<rt>くろ</rt></ruby>か<ruby>青<rt>あお</rt></ruby>です。

M：わかりました。<ruby>万年筆<rt>まんねんひつ</rt></ruby>は<ruby>持<rt>も</rt></ruby>っていないので、これでいいですね。

F：はい、<ruby>青<rt>あお</rt></ruby>のボールペンなら<ruby>大丈夫<rt>だいじょうぶ</rt></ruby>です。

<ruby>男<rt>おとこ</rt></ruby>の<ruby>人<rt>ひと</rt></ruby>は、<ruby>何<rt>なに</rt></ruby>で<ruby>名前<rt>なまえ</rt></ruby>を<ruby>書<rt>か</rt></ruby>きますか。

譯▶女士和男士正在交談。請問這位男士會用哪種筆寫名字呢？

F：請在這裡寫上大名。

M：好，可以用鉛筆寫吧！

F：不，用鉛筆不妥當。

M：為什麼呢？

F：因為鉛筆的字跡可以被擦掉，所以請用原子筆或鋼筆書寫。墨水的顏色要是黑色或藍色的。

M：我知道了。我沒有鋼筆，用這個可以吧！

F：可以的，藍色的原子筆沒有問題。

請問這位男士會用哪種筆寫名字呢？

1 黑色的鉛筆　　2 藍色的鋼筆
3 黑色的原子筆　4 藍色的原子筆

答案：**4**

攻略的要點

» 對話中知道可以用的是「ボールペンか、万年筆」（原子筆或鋼筆），顏色要是「黑か青」（黑色或藍色）。最後，男士沒有帶鋼筆，決定要用「これ」（這個）來寫。至於「これ」到底指的是什麼呢？從對話的最後一句知道指的是「青のボールペン」（藍色的原子筆）。正確答案是 4。

日檢如果分項成績有一科分數未達通過門檻,即使總分再高,也會判定為不合格。而其中聽力往往是我們的難以克服的關鍵弱點。

做筆記鍛鍊大腦!愈寫愈高分。日檢聽力中有一個技巧十分重要,那就是邊聽邊做筆記。經常可以聽到有人提出「聽力考試要做筆記」,但日檢的聽力考試方式,有聽力要點在進入本文之前就知道的,跟進入本文之前還不知道要點的兩種考試方式。不同方式做筆記的訣竅也不同。

這次就針對 N5 聽力的問題一「課題理解/理解課題」跟問題二「ポイント理解/理解重點」這兩種要點在進入本文之前就知道的題型,來進行技巧大公開。

記關鍵詞

關鍵詞是考點的主要出處,抓住聽力中的關鍵詞,整篇文章的大意也就了解得差不多了,答案也就呼之欲出了。關鍵詞指的是:

when	where	who	how
いつ (時間)	どこ (場所、空間、場面)	だれ (人物)	どうやって (怎麼做)
什麼時候 發生的?	在哪裡 發生的?	誰做的? 誰有參予 其中?	怎麼做?
時間	場所	人	動作

▨ 也就是**什麼時候?在哪裡?誰做了什麼動作?**

いつ
どこ
だれ
どうやって

※ 建立結構、分點記錄、一點一行(參考第 5 項內容)

2 記邏輯詞

邏輯詞就是連接一篇文章的筋骨，有順序、因果、比較、並列…等邏輯詞。因此，聽清楚邏輯詞，對於內容的之間的關係就容易瞭解了。

順序題

如果順序題，就會在對話中敘述一個過程，先做什麼，接下來做什麼，最後做什麼。這時候就要記錄各個階段的事件進展以及主要特徵。

邏輯詞例如：「まず／首先、そして／然後、それから／接著」。

因果關係

如果是因果關係，對話或文章裡就會將提到的人事物之間，以因果聯繫來提問，這時候就要記錄哪個是因，哪個是果。

邏輯詞例如：「から／由於、ので／因為、ために／因此、それで／因而、のに／為了」。

比較關係

如果是比較關係，對話或文章裡就會將提到的人事物之間，進行比較或對比，這時候就要記錄他們的同異點。

邏輯詞例如：「より／比較、ほうが／最好」。

並列舉例關係

如果對話結構為並列舉例關係，對話或文章裡就會將提到的人事物之間，進行並列舉例，這時候就要記錄他們的分類的依據、每個類別的名稱以及每個類別中列舉的例子。

邏輯詞例如：「また／又、そして／而且、し／又、それに／再加上」。

3 利用記字首、簡寫及符號縮短時間

聽力時間有限，速度是記筆記的關鍵，因此利用記字首、簡寫及符號，以簡化自己的筆記的方式，來幫助您在短時間內回憶起句子的內容。例如：

❶ 先まで先生方の部屋にいましたが ➡ さきまでへやいた。
❷ じゅぎょうちゅう ➡ じゅ中
❸ コーヒー ➡ コー

▨ 善用箭頭「→」表示關係等，善用圓圈「○」表示總結等。

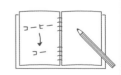

4　做筆記要自己看得懂，要有結構

　　N5 聽力的問題一「課題理解」跟問題二「ポイント理解」，選項都在考卷上，在進入聽取本文前就可以先瀏覽，這些選項就是聽解的重點。

　　這時，只要針對選項來做筆記就可以了，其他的對話內容就可以不理會了，聽不懂也沒有關係。做筆記方式，只要覺得書寫方便快速，按自己的思路來做記號和寫單詞，自己能看懂就好了。

　　但要注意的是，切勿胡亂的紀錄，這樣做了筆記自己也會看不懂的。做筆記要有自己的結構，要看起來一目了然。建議在考卷上選項的後面，分點紀錄聽力資訊的要點，每點占一行。這樣不僅清楚地羅列出資訊的脈絡，又可以明確簡潔的呈現出每個部分的要點。

❶	❷	❸
先瀏覽選項，針對選項做筆記	方便快速，自己能看懂就好了	有結構，分點分行紀錄資訊

5　平常練習時，反覆對照自己的筆記是否抓住重點

　　平常練習時對完答案後，可以參照對話內容，確認自己是否真正抓住重點，如果有疏漏或聽錯的地方，要找出自己沒有聽出的資訊點在哪裡。抓出原因，再多加練習，聽得夠多，聽得懂就越多，總之等耳朵習慣後，就會漸入佳境。

6　巧用聽力中的「空餘時間」

　　當聽力對話，進入跟考卷上的選項無關的內容時，可以利用「空餘時間」來補全之前沒有做好的筆記。

　這次就針對 N5 聽力的問題一「課題理解／理解課題」跟問題二「ポイント理解／理解重點」這兩種要點在進入本文之前就知道的題型，我們選擇各一題來實際進行做筆記的演練。

問題一　会社で女の人と男の人が話しています。きょう、男の人はどこで朝ごはんを食べましたか。

F：そのパン、朝ごはんですか。

M：ええ。きょうは、家でごはんを食べる時間がありませんでした。
　　会社に来る前に、駅の近くの喫茶店に行きましたが、人がたくさんいましたので、パン屋で買ってきました。

F：そうですか。

きょう、男の人はどこで朝ごはんを食べましたか。

選項	筆記方式
❶ 会社	あさごはんをもっている
❷ 家	じかんがない
❸ 喫茶店	ひとがたくさんいた
❹ パン屋	ぱんをかった
	■ 答案 1

問題二 男の人と女の人が話しています。女の人は家に帰って、初めに何をしますか。

M：伊藤さんは毎日忙しいですね。

F：そうですね。テレビを見たり本を読んだりする時間もありません。

M：そうですか。毎日、家に帰って、すぐ晩ご飯を作りますか。

F：いいえ。先に洗濯をします。朝は洗濯をする時間がありませんから。料理は洗濯のあとですね。

M：本当に、大変ですね。

女の人は家に帰って、初めに何をしますか。

選項	筆記方式
❶ テレビをみる	できない
❷ 本を読む	できない
❸ 料理を作る	せんたくのあと
❹ 洗濯をする	さきにする

▨ 答案 4

メモ

ポイント理解

共 37 題

錯題數：＿＿＿＿＿＿＿

もんだい2では、はじめに しつもんを きいて ください。それから はなしを きいて、もんだいようしの 1から4の なかから、いちばん いい ものを ひとつ えらんで ください。

第1題

track **2-1** ●

1 自分の家

2 会社の近くのえき

3 レストラン

4 おかし屋

答え
① ② ③ ④

第2題

track **2-2** ●

1 30分

2 1時間

3 1時間半

4 2時間

答え
① ② ③ ④

第3題

track 2-3 ◯

1　８６１―３２０１
2　８６１―３２０４
3　８６１―３２０２
4　８６１―３４０２

答え
①②③④

第4題

track 2-4 ◯

1　本屋
2　ぶんきゅうどう
3　くつ屋
4　きっさてん

答え
①②③④

第1題　　◎ 本提示順序題，「それから」之前的內容是關鍵。　　track 2-1 ●

1 自分の家
2 会社の近くのえき
3 レストラン
4 おかし屋

出る（離開）
早い（早的）
父（爸爸）
夕飯（晚餐）

おめでとうございます（恭喜）

お父さん（父親）

なる（變成）

他動詞＋てあります（…著）

会社で、女の人と男の人が話しています。男の人は、会社を出てから、初めにどこへ行きますか。

F：もう帰るのですか。今日は早いですね。何かあるのですか。

M：父の誕生日なのです。これから会社の近くの駅で家族と会って、それからレストランに行って、みんなで夕飯を食べます。

F：おめでとうございます。お父さんはいくつになったのですか。

M：80歳になりました。

F：何かプレゼントもしますか。

M：はい、おいしいお菓子が買ってあります。

男の人は、会社を出てから、初めにどこへ行きますか。

譯 女士和男士正在公司裡交談。男士離開公司之後，會先去哪裡呢？

F：您要回去了嗎？今天下班滿早的哦。有什麼活動嗎？
M：今天是我爸爸的生日。我等一下要去公司附近的車站和家人會合，然後去餐廳和大家一起吃晚餐。
F：那真是恭喜了！請問令尊今年貴庚呢？
M：滿八十歲了。
F：您也會送什麼禮物嗎？
M：有，我買了好吃的糕餅。

男士離開公司之後，會先去哪裡呢？
1 自己的家　　　　2 公司附近的車站
3 餐廳　　　　　　4 糕餅店

答案：**2**

攻略的要點

» 因為男士說「これから会社の近くの駅で会って、それから～」（我等一下要去公司附近的車站和家人會合，然後…），所以首先去的地方是「会社の近くの駅」（公司附近的車站）。男士的父親生日、去餐廳、買糕餅當作禮物等，都和答案沒有關係。正確答案是2。要記住「駅」是專指電車或火車發車和到達的地方。

1	30 分
2	1 時間
3	1 時間半
4	2 時間

<ruby>大学<rt>だいがく</rt></ruby>（大學）

<ruby>食堂<rt>しょくどう</rt></ruby>（食堂）

パソコン（個人電腦）

を＋他動詞（表示影響、作用涉及到目的語的動作）

メール（電子信箱）

ブログ（部落格）

インターネット（網路）

ずいぶん（很，非常）

<ruby>大学<rt>だいがく</rt></ruby>の<ruby>食堂<rt>しょくどう</rt></ruby>で、<ruby>女<rt>おんな</rt></ruby>の<ruby>学生<rt>がくせい</rt></ruby>と<ruby>男<rt>おとこ</rt></ruby>の<ruby>学生<rt>がくせい</rt></ruby>が<ruby>話<rt>はな</rt></ruby>しています。<ruby>男<rt>おとこ</rt></ruby>の<ruby>学生<rt>がくせい</rt></ruby>は、<ruby>毎日<rt>まいにち</rt></ruby>、<ruby>何時間<rt>なんじかん</rt></ruby>ぐらいパソコンを<ruby>使<rt>つか</rt></ruby>っていますか。

F：<ruby>町田<rt>まちだ</rt></ruby>さんは、いつも、<ruby>何時間<rt>なんじかん</rt></ruby>ぐらいパソコンを<ruby>使<rt>つか</rt></ruby>っていますか。

M：そうですね。<ruby>朝<rt>あさ</rt></ruby>、まず、メールを<ruby>見<rt>み</rt></ruby>たり<ruby>書<rt>か</rt></ruby>いたりするのに 30 分。<ruby>夕飯<rt>ゆうはん</rt></ruby>のあと、<ruby>好<rt>す</rt></ruby>きなブログを<ruby>見<rt>み</rt></ruby>たり、インターネットでいろいろと<ruby>調<rt>しら</rt></ruby>べたりするのに 1 <ruby>時間半<rt>じかんはん</rt></ruby>ぐらいです。

F：へえ。<ruby>毎日<rt>まいにち</rt></ruby>ずいぶんパソコンを<ruby>使<rt>つか</rt></ruby>っているのですね。

<ruby>男<rt>おとこ</rt></ruby>の<ruby>学生<rt>がくせい</rt></ruby>は、<ruby>毎日<rt>まいにち</rt></ruby>、<ruby>何時間<rt>なんじかん</rt></ruby>ぐらいパソコンを<ruby>使<rt>つか</rt></ruby>っていますか。

譯 ▶ 女學生和男學生正在大學的學生餐廳裡交談。請問這位男學生每天使用電腦大約幾小時呢？

F：請問町田同學平時使用電腦大約幾小時呢？

M：讓我想一想…，早上起床就先花三十分鐘開電子郵件系統收信和回覆，然後是晚飯後瀏覽喜歡的部落格，或是上網查閱各種資料大概一個半小時。

F：是哦？那你每天用電腦的時間還滿久的呢。

請問這位男學生每天使用電腦大約幾小時呢？

1 三十分鐘　　　2 一個小時
3 一個半小時　　4 兩個小時

答案：**4**

攻略的要點

» 看到這一題的選項的四個時間，馬上默念一下這四個時間的念法。記得！聽懂問題才能精準挑出提問要的答案！考時間的題型，經常不直接說出考試點的時間，必須經過判斷或加減乘除的計算一下喔。

» 這道題要問的是「男學生每天使用電腦大約幾小時呢？」。男學生回答中共出現了 2 個時間詞，有早上使用的「30 分」、晚餐過後使用的「1 時間半」，兩個加起來知道一天大約使用兩小時。正確答案是 4。

» 「パソコン（個人電腦）」、「メール（郵件）」、「ブログ（部落格）」、「インターネット（網路）」等在生活中已經是不可或缺的單字了，平常就要把它記下來喔。

1 861－3201
2 861－3204
3 861－3202
4 861－3402

郵便番号（郵遞區號）

はがき（明信片）

あなた（你）

教える（告訴）

〔句子〕＋**ね**（呢，耶）

それから（接著）

町（街道；城鎮）

変わる（改變）

男の人と女の人が話しています。女の人の郵便番号は何番ですか。

M：はがきを出したいのですが、あなたの家の郵便番号を教えてください。

F：はい。861 の 3204 です。

M：ええと、861 の 3402 ですね？

F：いいえ、3204 です。それから、この前、町の名前が変わったんですよ。

M：それは知っています。東区春野町から春日町に変わったんですよね。

女の人の郵便番号は何番ですか。

譯 男士和女士正在交談。請問這位女士家的郵遞區號是幾號呢？

M：我想要寄明信片給妳，請告訴我妳家的郵遞區號。
F：好的。861 之 3204。
M：我抄一下…，是 861 之 3402 嗎？
F：不是，是 3204。還有，前陣子街道的名稱也改了喔！
M：那件事我曉得。從東區春野町改成了春日町，對吧？

請問這位女士家的郵遞區號是幾號呢？

1 861-3201 2 861-3204
3 861-3202 4 861-3402

答案：**2**

攻略的要點

» 這是聽解號碼的考題，由於對話中出現了兩組號碼「861 の 3204」跟「861 の 3402」，我們看選項，又大同小異，不管是在聽覺上或視覺上，都很容易一不注意就混淆了。破解方式就是要能一邊聽準電話號碼是「861 の 3204」，並排除干擾部分的「3402」。後面提到的街名變更和解答沒有關係。正確答案是 2。「861 の 3204」裡的「の」相當於「-」。日語的數字 1 到 10 的數法中，有 3 個字是兩種念法，這 3 個字是「4（よん、し）、7（しち、なな）、9（きゅう、く）」，要多加練習。

第4題
● 場所題要留意直走、轉彎等的日文說法。
track 2-4 ●

```
1 本屋
2 ぶんきゅうどう
3 くつ屋
4 きっさてん
```

角（轉角）

〔通過・移動〕＋を＋
自動詞（表示移動或
經過某場所）

右（右邊）

曲がる（轉彎）

二つ（兩個）

…目（第…）

ああ（嗯！是！）

隣（隔壁）

男の人が女の人に、本屋の場所を聞いています。
男の人は、何の角を右に曲がりますか。

M：文久堂という本屋の場所を教えてください。

F：この道をまっすぐ行って、二つ目の角を右にま
がります。

M：ああ、靴屋さんの角ですね。

F：そうです。その角を曲がって10メートルぐら
い行くと喫茶店があります。そのとなりです。

男の人は、何の角を右に曲がりますか。

譯▶ 男士正在向女士詢問書店的位置。請問這位男士該在
哪個巷口轉彎呢？

M：麻煩您告訴我一家叫文久堂的書店在哪裡。
F：沿著這條路直走，在第二個巷口往右轉。
M：喔，是鞋店的那個巷口吧？
F：對。在那個巷口往右轉再走十公尺左右有家咖啡
廳，就在它隔壁。

請問這位男士該在哪個巷口轉彎呢？

1 書店
2 文久堂
3 鞋店
4 咖啡廳

答案：3

攻略的要點

» 這是道測試位置的試題。要問的是「男士該在哪個巷口轉彎呢？」首先，快速
瀏覽這四個選項，集中精神往下聽，注意引導目標。女士告訴男士「この道をまっ
すぐ行って、二つ目の角を右に」（沿著這條路直走，在第二個巷口往右轉），這
裡還得不到答案，但接下來知道「二つ目の角」就是「靴屋さんの角」（鞋店的
那個巷口）。正確答案是3。

» 另外，日本人除了人以外，也會在店家的後面加個「さん」，例如：「八百屋さ
ん」（蔬果店）、「花屋さん」（花店）、「魚屋さん」（賣魚或海產的店）等。

track **2-5**

1 午後 2 時
2 午後 4 時
3 午後 5 時 30 分
4 帰りません

答え
① ② ③ ④

第 6 題

track **2-6**

1 自分の部屋のそうじをしました
2 せんたくをしました
3 母と出かけました
4 母にハンカチを返しました

答え
① ② ③ ④

第 7 題
track 2-7

1 トイレットペーパー

2 ティッシュペーパー

3 せっけん

4 何も買ってきませんでした

答え
① ② ③ ④

第 8 題
track 2-8

1 ０２４８－９８－３０２５

2 ０２４８－９８－３０２６

3 ０２４８－９８－３０２７

4 ０２４７－９８－３０２６

答え
① ② ③ ④

1 午後 2 時
2 午後 4 時
3 午後 5 時 30 分
4 帰りません

会社 (公司)
今日 (今天)
自動車 (汽車)
銀行 (銀行)
会う (見面)
話 (談話)
でしょう (…吧)
じゃあ (那麼)

会社で、男の人と女の人が話しています。男の人は、今日、何時に会社に帰りますか。

M：今から、後藤自動車とつばき銀行に行ってきます。

F：会社に帰るのは何時頃ですか。

M：後藤自動車の人と 2 時に会います。つばき銀行の人と会うのは 4 時です。話が終わるのは 5 時半頃でしょう。

F：あ、じゃあ、その後は、まっすぐ家に帰りますか。

M：そのつもりです。

男の人は、今日、何時に会社に帰りますか。

譯 男士和女士正在公司裡交談。請問這位男士今天會在幾點回到公司呢？

　M：我現在要去後藤汽車和茶花銀行。

　F：請問您大約幾點會回到公司呢？

　M：我和後藤汽車的人約兩點見面，和茶花銀行的人約四點見面，談完的時間大概是五點半左右吧。

　F：啊，那麼之後您會直接回家嗎？

　M：我的確打算直接回家。

　請問這位男士今天會在幾點回到公司呢？

　1 下午兩點　　2 下午四點
　3 下午五點半　4 不回公司

答案：**4**

攻略的要點

» 男士回答中出現了 3 個時間詞，有「2 時」、「4 時」、「5 時半」。這都是干擾項。從女士問說「まっすぐ家に帰りますか」(你會直接回家嗎)，男士回答「そのつもりです」(我打算直接回家)，知道外出洽公之後，男士不會回公司，而是直接回家。正確答案是 4。

108

もんだい

1

2

3

4

答案與解說

1 自分の部屋のそうじ
をしました
2 せんたくをしました
3 母と出かけました
4 母にハンカチを返し
ました

自分（自己）

掃除（打掃）

**動詞たり動詞たり
します**（又是…又
是…）

洗濯（洗滌）

母（媽媽）

デパート（百貨公
司）

ハンカチ（手帕）

枚（…條，張）

男の人と女の人が話しています。女の人は、昨日、何をしましたか。

M：昨日の日曜日は、何をしましたか。

F：いつも、日曜日は、自分の部屋のそうじをしたり、洗濯をしたりするのですが、昨日は母とデパートに行きました。

M：そうですか。何か買いましたか。

F：いいえ、何も買いませんでした。あ、ハンカチを1枚だけ買いました。

女の人は、昨日、何をしましたか。

譯 男士和女士正在交談。請問這位女士昨天做了哪些事呢？

M：昨天的星期天，妳做了哪些事呢？

F：我平常星期天會打掃打掃自己的房間、洗洗衣服，不過昨天和媽媽去了百貨公司。

M：這樣喔。買了什麼東西嗎？

F：沒有，什麼也沒買。…啊，只買了一條手帕。

請問這位女士昨天做了哪些事呢？

1 打掃了自己的房間

2 洗了衣服

3 和媽媽出門了

4 把手帕還給了媽媽

答案：**3**

攻略的要點

» 「女士昨天做了哪些事呢？」這類題型談論的事情會比較多，干擾選項多，屬於略聽，可以不需要每個字都聽懂，重點在抓住談話的主題，或是整體的談話方向。

» 相同地，這道題也談論了許多的事情。首先是「そうじをしたり」跟「洗濯をしたり」，但這都被「昨日」前面的「が」給否定了。「が」表示連接兩個對立的事物，前句跟後句內容相對立的，相當於「但是」。接下來又繼續說「昨日は母とデパートに行きました」（昨天和媽媽去了百貨公司）。由於「デパートに行く」（去百貨公司）相當於「出かける」（出門）的意思。正確答案是3。後面的對話，又提到買了手帕，不過選項裡沒有提到這件事情。

1 トイレットペーパー
2 ティッシュペーパー
3 せっけん
4 何も買ってきません
でした

ただいま（我回來
了）

トイレットペーパー
（廁用衛生紙）

これ（這個）

ティッシュペーパー
（面紙）

いる（需要）

〔句子〕＋よ（…哦）

せっけん（肥皂）

忘れる（忘記）

男の人と女の人が話しています。男の人は、何を買ってきましたか。

M：ただいま。

F：買い物、ありがとう。トイレットペーパーは？

M：はい、これです。

F：これはティッシュペーパーでしょう。いるの
　　はトイレットペーパーですよ。それから、せっ
　　けんは？

M：あ、わすれました。

男の人は、何を買ってきましたか。

譯 男士和女士正在交談。請問這位男士買了什麼東西回
來呢？

M：我回來了。

F：謝謝你幫忙買東西回來。廁用衛生紙呢？

M：來，在這裡。

F：這是面紙吧？我要的是廁用衛生紙哦。還有，肥
　　皂呢？

M：啊，我忘了。

請問這位男士買了什麼東西回來呢？

1 廁用衛生紙
2 面紙
3 肥皂
4 什麼都沒買

答案：**2**

攻略的要點

» 男士買來了之後說「はい、これです」（來，在這裡），接著女士說「これはティッ
シュペーパーでしょう」（這是面紙吧），原來男士買的是面紙。正確答案是2。

» 「ただいま」（我回來了）是回家時的問候語，用在回家時對家裡的人說的話。
也可以用在上班時間，有事外出後回公司時，對自己公司的人說的話。

第8題 ◉ 注意第一次的號碼後來又被否定了，是用來混淆的號碼。 track **2-8** ◉

1 0248-98-3025
2 0248-98-3026
3 0248-98-3027
4 0247-98-3026

名詞＋と＋名詞（…和…）
番号（號碼）

くれる（給〔我〕；〔為我方〕做）

ええと（嗯…〔思考時的發語詞〕）

市（市；城市）

ごめんなさい（抱歉）

書く（書寫）

ありがとうございます（謝謝）

男の人と女の人が話しています。大山商会の電話番号は何番ですか。

M：大山商会の電話番号を教えてくれますか。

F：ええと、大山商会ですね。0247 の 98 の 3026 です。

M：0247？それは隣の市だから、違うのではありませんか。

F：あ、ごめんなさい、0247 は一つ上に書いてある番号でした。大山商会は、0248 の 98 の 3026 です。

M：わかりました。ありがとうございます。

大山商会の電話番号は何番ですか。

譯 男士和女士正在交談。請問大山商會的電話號碼是幾號呢？

M：可以告訴我大山商會的電話號碼嗎？
F：我查一下，是大山商會吧？ 0247-98-3026。
M：0247？那是隔壁市的區域號碼，會不會弄錯了？
F：啊！對不起！0247 是寫在上一則的電話號碼。大山商會是 0248-98-3026。
M：好，謝謝妳。

請問大山商會的電話號碼是幾號呢？

1 0248-98-3025
2 0248-98-3026
3 0248-98-3027
4 0247-98-3026

答案：**2**

攻略的要點

» 這也是一道聽解號碼的考題。看到四個選項，馬上判斷不同點在「0248」跟「0247」，還有最後一個數字。

» 對話中首先出現了第一組號碼「0247 の 98 の 3026」，但是馬上被女士給否定了。兩人針對「0247」都又重複說了一次，但「0247」是錯的。最後說出的一組數字「0248 の 98 の 3026」才是正確的。正確答案是 2。

track 2-9

1 5人
2 7人
3 8人
4 9人

答え
① ② ③ ④

第 10 題 track 2-10

1 こうえん
2 こどものへや
3 がっこう
4 デパート

答え
① ② ③ ④

112

第 11 題   track 2-11

1 34 ページ全部と 35 ページ全部

2 34 ページの 1・2 番と 35 ページの 1 番

3 34 ページの 3 番と 35 ページの 2 番

4 34 ページの 2 番と 35 ページの 3 番

答え
① ② ③ ④

第 12 題   track 2-12

1 1 時間

2 1 時間 30 分

3 2 時間

4 3 時間

答え
① ② ③ ④

1 5人
2 7人
3 8人
4 9人

人（…人）
弟（弟弟）
は〜が、〜は〜（…，但…）
妹（妹妹）
姉（姉姉）
ご（表示尊敬）
きょうだい（兄弟姉妹）
両親（雙親）

女の学生と男の学生が話しています。男の学生は、何人の家族で暮らしていますか。

F：渡辺さんは、下に弟さんか妹さんがいるのですか。

M：弟は二人いますが、妹はいません。しかし、姉が二人います。

F：ごきょうだいとご両親で、暮らしているのですか。

M：いえ、それに祖母も一緒です。

F：ご家族が多いんですね。

男の学生は、何人の家族で暮らしていますか。

譯 女學生和男學生正在交談。請問這位男學生家裡有多少人住在一起呢？

F：渡邊同學，你下面還有弟弟或妹妹嗎？
M：我有兩個弟弟，但是沒有妹妹；不過，有兩個姊姊。
F：你和姊姊弟弟以及爸媽住在一起嗎？
M：不只這樣，還有奶奶也住在一起。
F：你家裡人好多呀！

請問這位男學生家裡有多少人住在一起呢？

1 五個人　2 七個人　3 八個人　4 九個人

答案：**3**

攻略的要點

» 這一道題要問的是「男學生家裡有多少人住在一起呢？」記得腦中一定要緊記住這個大方向，邊聽邊記關鍵處。這題對話先說出「弟は二人います」（有兩個弟弟），後來又補充「姉が二人います」（有兩個姊姊），接下來被問到「你和姊姊弟弟以及爸媽住在一起嗎？」，男學生這裡的回答很關鍵喔，「いえ、それに祖母も一緒です」（不，還有奶奶也住在一起）。要能判斷出「いえ」後面有「それに…も…」所以「いえ」表示的是「不只是這樣」，就能夠得出答案是3，渡邊本人和弟弟兩人、姐姐兩人、父、母、祖母，加起來共八個人。

1 こうえん
2 こどものへや
3 がっこう
4 デパート

名詞＋の＋名詞（…
的…）
こうえん
公園（公園）
こんにちは（你好、
午安〔白天下午用〕）
さんぽ
散歩（散步）
がっこう
学校（學校）
テスト（測驗）
べんきょう
勉強（學習，讀書）
かんじ
漢字（漢字）

おとこ ひと おんな ひと こうえん はな
男の人と女の人が公園で話しています。子どもは、
いま こ
今、どこにいるのですか。

きょう こ いっしょ こうえん さん
M：こんにちは。今日はお子さんと一緒に公園を散
ぽ
歩しないのですか。

あした がっこう じ
F：子どもは、明日、学校でテストがあるので、自
ぶん へや べんきょう
分の部屋で勉強しています。

なん
M：そうですか。何のテストですか。

かんじ あした ごご いっしょ こうえん
F：漢字のテストです。明日の午後は一緒に公園に
き
来ますよ。

こ いま
子どもは、今、どこにいるのですか。

譯▶男士和女士正在公園裡交談。請問孩子現在在哪裡
呢？

M：妳好！今天沒有和孩子一起來公園散步嗎？
F：孩子明天學校有考試，正在自己房間裡用功。
M：這樣啊。考什麼科目呢？
F：漢字測驗。我明天下午會帶他一起來公園喔！

請問孩子現在在哪裡呢？

1 公園
2 孩子的房間
3 學校
4 百貨公司

答案：**2**

攻略的要點

» 這一道題要問的是「孩子現在在哪裡呢？」從對話中女士提到「自分の部屋で
勉強しています」（正在自己的房間用功），知道孩子現在在房間裡。而為什麼不
到公園來、明天有什麼測驗等話題，和答案沒有關係。正確答案是 2。

»「ので」（因為…）表示客觀地敘述前後兩項事的因果關係，前句是原因，後句
是因此而發生的事。

1　34 ページ全部と 35 ページ全部

2　34 ページの 1・2 番と 35 ページの 2 番

3　34 ページの 3 番と 35 ページの 2 番

4　34 ページの 2 番と 35 ページの 3 番

練習（練習）

問題（問題）

ページ（…頁）

名詞に＋します
（使…成為；決定要…）

次（下一個）

うーん（嗯…，這個…）

多い（多的）

はい（是）

教室で先生が話しています。明日学校でやる練習問題は、何ページの何番ですか。

M：今日は 33 ページの問題まで終わりましたね。あとの練習問題は宿題にします。

F：えーっ、次の 2 ページは全部練習問題ですが、この 2 ページ全部宿題ですか。

M：うーん、ちょっと多いですね。では、34 ページの 1・2 番と、35 ページの 1 番だけにしましょう。

F：34 ページの 3 番と、35 ページの 2 番は、しなくていいのですね。

M：はい。それは、また明日、学校でやりましょう。

明日学校でやる練習問題は、何ページの何番ですか。

譯　老師正在教室裡說話。請問明天要在學校做的練習題是第幾頁的第幾題呢？

M：今天已經做到第三十三頁的問題了吧。剩下的練習題當作回家功課。

F：不要吧——！接下來兩頁都是練習題，這兩頁全部都是回家功課嗎？

M：嗯，好像有點多哦。那麼，只做第三十四頁的第一、二題，還有第三十五頁的第一題吧。

F：那第三十四頁的第三題，還有第三十五頁的第二題不用寫嗎？

M：對，那幾題留到明天來學校寫吧！

請問明天要在學校做的練習題是第幾頁的第幾題呢？

1 第三十四頁的全部和第三十五頁的全部

2 第三十四頁的第一、二題和第三十五頁的第一題

3 第三十四頁的第三題和第三十五頁的第二題

4 第三十四頁的第二題和第三十五頁的第三題

答案：3

攻略的要點

» 這一題是屬於數字的題型，這類題型的特點是出現多個數量詞，複雜度高，大部分需要每個詞，每句話都聽懂，才能選出正確答案。

» 作業是「34 ページの 1・2 番と、35 ページの 1 番」（第三十四頁的第一、二題跟第三十五頁的第一題），另外的「34 ページの 3 番と、35 ページの 2 番」（第三十四頁的第三題跟第三十五頁的第二題）明天在學校做。正確答案是 3。

1 1 時間
2 1 時間 30 分
3 2 時間
4 3 時間

学生 (學生)
日・日 (天，日)
時間 (小時)
ゲーム (〔電動〕遊戲)
起きる (起床)
朝ご飯 (早餐)
だから (所以…)
どのぐらい、どれぐらい (多少，多久)

おんな がくせい おとこ がくせい はな おとこ がくせい
女の学生と男の学生が話しています。男の学生は、
にち なんじかん
1日に何時間ぐらいゲームをやりますか。
にち なんじかん
F：1日に何時間ぐらいゲームをやりますか。
あさ お ぷん あさ た
M：朝、起きてから30分、朝ごはんを食べてから、
がっこう い まえ ぷん
学校に行く前に30分。それから……。
がっこう
F：学校では、ゲームはできませんよね。
がっこう かえ ぷん しゅくだい
M：はい。だから、学校から帰って30分で宿題を
ゆうはん
やって、夕飯まで、また、ゲームをやります。
かえ
F：帰ってからも？どれぐらいですか。
はん ゆうはん た じかん
M：6時半ごろ夕飯を食べるから、2時間ぐらいです。
おとこ がくせい にち なんじかん
男の学生は、1日に何時間ぐらいゲームをやりますか。

譯▶ 女學生和男學生正在交談。請問這位男學生一天玩電動遊戲大約幾小時呢？

F：你一天大約玩電動遊戲幾小時呢？
M：早上起床後三十分鐘、吃完早飯後上學前再三十分鐘，還有…。
F：在學校不能玩電動遊戲吧？
M：對，所以放學回家後寫功課三十分鐘，然後在吃晚飯之前再玩一下。
F：放學回家後也會玩？大概玩多久呢？
M：六點半左右吃晚飯，所以大概兩個小時。

請問這位男學生一天玩電動遊戲大約幾小時呢？

1 一個小時　　　2 一個半小時
3 兩個小時　　　4 三個小時

答案：**4**

攻略的要點

» 這道題要問的是「男學生一天玩電動遊戲大約幾小時呢？」。請集中精神聽準「玩電動遊戲」的時間。男學生回答中出現了 4 個時間詞，有三次「30 分」跟一次「2 時間」。其中第三次的「30 分」是干擾項，不是「玩電動遊戲」而是「寫功課」的時間。這樣就要馬上把二次的「30 分」跟一次的「2 時間」加起來，「朝、起きてから（三十分鐘）」＋「学校に行く前に（三十分鐘）」＋「学校から帰って～夕飯まで（2 時間）」，共計三小時。正確答案是 4。

1 　5 人
2 　7 人
3 　9 人
4 　10 人

答え
①②③④

1 　ボールペン
2 　万年筆
3 　切手
4 　ふうとう

答え
①②③④

1　５キロメートル
2　10 キロメートル
3　15 キロメートル
4　20 キロメートル

答え
① ② ③ ④

1　1 年前
2　2 年前
3　3 年前
4　4 年前

答え
① ② ③ ④

1　5人
2　7人
3　9人
4　10人

ハイキング（郊遊，
健行）

行く（去）

動詞＋名詞（…
的…）

誰（誰）

君（你）

それから（接著）

来る（來）

楽しみ（期待）

男の人と女の人が話しています。明日のハイキングに行く人は何人ですか。

F：明日のハイキングには、誰と誰が行くんですか。

M：君と、僕。それから、僕の友だちが３人行きたいと言っていました。その中の二人は、奥さんもいっしょに来ます。

F：そうですか。私の友だちも二人来ます。

M：それは、楽しみですね。

明日のハイキングに行く人は何人ですか。

譯 男士和女士正在交談。請問明天要去健行的有幾個人呢？

　　F：明天的健行，有誰和誰要去呢？
　　M：你和我，還有我有三個朋友說過想去，其中兩人的太太也一起來。
　　F：這樣呀。我的朋友也有兩個要來。
　　M：那真是令人太期待啦！

　　請問明天要去健行的有幾個人呢？

　　1　五個人
　　2　七個人
　　3　九個人
　　4　十個人

答案：3

攻略的要點

» 這一道題要問的是「要去健行的有幾個人呢？」有了這個大方向，接下就邊聽邊記關鍵處囉！這題對話男士先說出「君と、僕」（你跟我），後來又補充「僕の友だちが３人」（我有三個朋友）也要參加，繼續說的這句是關鍵喔！「その中の二人は、奥さんもいっしょに来ます」（其中兩人的太太也一起來），這裡又追加的是兩個人。最後女士也說「我的朋友也有兩個要來」，這樣算起來就是：女士、男士、男士朋友三個人、男士朋友的太太兩個人、女士的朋友兩人，所以合起來是九個人。正確答案是３。

第 14 題　　● 混淆的選項很多，但明確說要購買的只有其中一樣。　　track 2-14 ●

1 ボールペン
2 万年筆
3 切手
4 ふうとう

探す（尋找）
手紙（信件）
ボールペン（原子筆）
郵便局（郵局）
ポスト（郵筒）
そこ（附近；那裡）
〔場所〕＋に（在…）
切手（郵票）

女の人と男の人が話しています。男の人はこれから何を買いますか。

F：何をさがしているのですか。

M：手紙を書きたいんです。ボールペンはどこでしょう。

F：手紙は万年筆で書いたほうがいいですよ。

M：そうですね。じゃあ、万年筆で書きます。書いてから、郵便局に行きます。

F：ポストなら、すぐそこにありますよ。

M：いえ、切手を買いたいんです。

男の人はこれから何を買いますか。

譯▶ 女士和男士正在交談。請問這位男士接下來會買什麼呢？

F：請問您在找什麼東西？
M：我想要寫信。請問原子筆擺在哪裡呢？
F：寫信的話用鋼筆比較好喔。
M：也對，那麼就用鋼筆寫。寫完以後，就去郵局。
F：如果要找郵筒，附近就有喔！
M：不是，我想要買郵票。

請問這位男士接下來會買什麼呢？

1 原子筆　　　2 鋼筆
3 郵票　　　　4 信封

答案：3

攻略的要點

» 這一道題要問的是「男士接下來會買什麼呢？」從對話中知道和買東西有關的話題，除了郵票之外沒有其他。至於要用原子筆還是用鋼筆寫信，和答案並沒有關係。正確答案是3。

1　5キロメートル
2　10キロメートル
3　15キロメートル
4　20キロメートル

週間（星期）

キロメートル（公里）

走る（跑步）

動詞＋ています〔習慣性〕（習慣…）

回（次）

ずつ（各）

いつ（什麼時候）

土曜日（星期六）

会社で、女の人と男の人が話しています。男の人は、1週間に何キロメートル走っていますか。

F：竹内さんは、毎日走っているんですか。

M：1週間に3回走ります。1回に5キロメートルずつです。

F：いつ走っているんですか。

M：朝です。だけど、土曜日は夕方です。

男の人は、1週間に何キロメートル走っていますか。

譯 ▸ 女士和男士正在公司裡交談。請問這位男士一星期都跑幾公里呢？

　　F：竹內先生每天都跑步嗎？

　　M：一星期跑三次，每次跑五公里。

　　F：您都在什麼時候跑步呢？

　　M：早上。不過星期六是在傍晚。

　　請問這位男士一星期都跑幾公里呢？

　　1 五公里
　　2 十公里
　　3 十五公里
　　4 二十公里

答案：3

攻略的要點

» 這道題要問的是「男士一星期都跑幾公里呢？」問的是「一星期」要緊記這個大方向喔！雖然對話中男士說「1週間に3回走ります。1回に5キロメートルずつです」（一星期跑三次，一次各跑五公里），但沒有直接說出答案，必須要「3×5」一下，所以一個星期內合計跑十五公里。正確答案是3。

1 1年前
2 2年前
3 3年前
4 4年前

女（女性）
男（男性）
結婚（結婚）
年（年）
前（前）
歳（歳）
～とき（…的時候）
奥さん（夫人）

女の人と男の人が話しています。男の人が結婚したのは何年前ですか。

F：木村さんは何歳のときに結婚したんですか。

M：27歳で結婚しました。

F：へえ、そうなんですか。ところで、今、何歳ですか。

M：30歳です。

F：奥さんは何歳だったのですか。

M：25歳でした。

男の人が結婚したのは何年前ですか。

譯▶ 女士和男士正在交談。請問這位男士是幾年前結婚的呢？

　F：請問木村先生是幾歲的時候結婚的呢？
　M：我是二十七歲結婚的。
　F：是哦，是二十七歲喔。那麼，您現在幾歲呢？
　M：三十歲。
　F：那時候太太幾歲呢？
　M：那時是二十五歲。

　請問這位男士是幾年前結婚的呢？

　1 一年前
　2 兩年前
　3 三年前
　4 四年前

答案：**3**

攻略的要點

» 這道題要問的是「男士是幾年前結婚的呢？」結合男士說的「27歲で結婚しました」（我是二十七歲結婚的），跟現在的年齡是「30歲」，知道二十七歲結婚，現在是三十歲，所以是在三年前結婚的。正確答案是3。

1 ながさわさん
2 一人で出かけます
3 かとうさん
4 しゃちょう

答え
① ② ③ ④

1 本屋のそばのきっさてん
2 まるみやしょくどう
3 大学のしょくどう
4 大学のきっさてん

答え
① ② ③ ④

第19題

1 しゅくだいをしました
2 海でおよぎました
3 海のしゃしんをとりました
4 海の近くのしょくどうでさかなを食べました

答え
① ② ③ ④

第20題

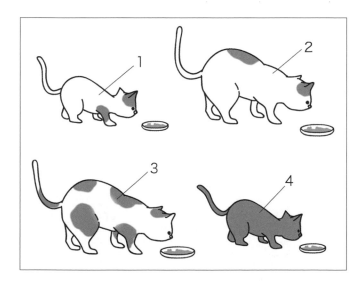

答え
① ② ③ ④

1 ながさわさん
2 一人で出かけます
3 かとうさん
4 しゃちょう

〔對象〕＋と（いっしょに）(和…一起)
一緒 (一起)
出かける (出門)
あのう (那個…)
ちょっと (一下，暫且)
待つ (等待)
社長 (社長)
頼む (依賴)

男の人と女の人が話しています。男の人は、だれといっしょに出かけますか。

M：長沢さん、あのう、ぼくちょっと出かけます。

F：え、一人で銀行に行くつもりですか。私も行きますから、ちょっと待ってください。

M：あ、ぼくは買い物に行くだけですから、一人で大丈夫です。銀行には、加藤さんが行きます。

F：そうなんですか。銀行には、加藤さんが一人で行くんですか。

M：はい。社長が、長沢さんにはほかの仕事を頼みたいと言っていました。

男の人は、だれといっしょに出かけますか。

譯▶ 男士和女士正在交談。請問這位男士要和誰一起出去呢？

M：長澤小姐，呃，我出去一下。

F：咦，你要一個人去銀行嗎？我也要去，請等我一下。

M：啊，我只是要去買東西而已，自己去就行了。銀行那邊由加藤先生去處理。

F：這樣哦？銀行那邊由加藤先生一個人去嗎？

M：對。社長說了，有其他的工作要拜託長澤小姐。

請問這位男士要和誰一起出去呢？

1 長澤小姐　　　2 一個人出去
3 加藤先生　　　4 社長

答案：**2**

攻略的要點

» 這道題要問的是「男士要和誰一起出去呢？」。要注意人名，還有一些重要的表現方式。從對話中知道女士剛開始認為讓男士一個人去銀行會有問題，所以說「私も行きます」(我也要去)，不過男士卻回答「ぼくは買い物に行くだけですから、一人で大丈夫です」(我只是要去買東西而已，自己去就行了)。正確答案是2。

1 本屋のそばのきっさ
てん
2 まるみやしょくどう
3 大学のしょくどう
4 大学のきっさてん

どこ（哪裡）
昼ご飯（中餐）
本屋（書店）
そば（旁邊）

動詞ませんか（要不
要…）

まだ（尚，還）

君（君，同學〔接在
朋友或晚輩名字後，
表示親暱〕）

それでは（那麼）

男の人と女の人が話しています。女の人はどこで
昼ごはんを食べますか。

M：12時ですね。本屋のそばの喫茶店に何か食べ
に行きませんか。

F：そうですねえ。でも……。

M：でも、何ですか。まだ食べたくないのですか。

F：そうではありませんが……。

M：どうしたんですか。

F：吉野くんが、いっしょにまるみや食堂で食べま
しょうと言っていたので……。

M：ああ、それでは、僕は大学の食堂で食べますよ。

女の人はどこで昼ごはんを食べますか。

譯▶ 男士和女士正在交談。請問這位女士要在哪裡吃午餐呢？

M：十二點囉！要不要去書店旁邊的咖啡廳吃些什麼
呢？

F：午餐時間到了，可是…。

M：可是什麼？妳還不餓嗎？

F：也不是不餓啦…。

M：怎麼了嗎？

F：吉野同學已經問過我要不要一起去圓屋餐館吃飯
了…。

M：喔喔，那我就去大學的學生餐廳吃囉！

請問這位女士要在哪裡吃午餐呢？

1 書店旁邊的咖啡廳　　2 圓屋餐館

3 大學的學生餐廳　　　4 大學的咖啡廳

答案：2

攻略的要點

» 這道題是男士想邀請女士吃午餐，不過女士在這之前已經接受其他男士的午餐
邀約了。對話中女士雖然沒有斷然拒絕這次的邀請，但也婉轉的說了準備要和
「吉野くん」一起去「まるみや食堂」（圓屋餐館）吃飯。正確答案是 2。

1 しゅくだいをしました
2 海でおよぎました
3 海のしゃしんをとりました
4 海の近くのしょくどうでさかなを食べました

昨日（昨天）

月（…月）

泳ぐ（游泳）

写真（照片）

撮る（拍〔照〕）

〔目的〕＋に（為了…）

いい（好的）

だめ（不行，無法）

女の人と男の人が話しています。男の人は、昨日の午前中、何をしましたか。

F：昨日は何をしましたか。

M：宿題をしました。

F：一日中、宿題をしていたのですか。

M：いいえ、午後は海に行きました。

F：えっ、今は 12 月ですよ。海で泳いだのですか。

M：いえ、海の写真を撮りに行ったのです。

F：いい写真が撮れましたか。

M：だめでしたので、海のそばの食堂で、おいしい魚を食べて帰りましたよ。

男の人は、昨日の午前中、何をしましたか。

譯▶ 女士和男士正在交談。請問這位男士昨天上午做了什麼事呢？

F：你昨天做了什麼？
M：寫了作業。
F：一整天都在寫作業嗎？
M：不是，下午去了海邊。
F：嗄？現在是十二月耶！你到海邊游泳嗎？
M：不是，是去拍海的照片。
F：拍到滿意的照片了嗎？
M：沒辦法。所以只好到海邊附近的小餐館吃了好吃的魚就回家了。

請問這位男士昨天上午做了什麼事呢？

1 寫了作業　　　　2 在海邊游了泳
3 拍了海的照片　4 在海邊附近的小餐館吃了魚

答案：**1**

攻略的要點

» 對話一開始就說昨天「宿題をしました」（寫了作業），不過從接下來的對話知道，並不是一整天都在寫作業，下午還去了海邊。所以寫作業是上午的事。在對話當中，雖然談到下午去海邊的內容比較多，不過問題問的是昨天上午做的事情，知道正確答案是 1。

子ども (小孩)

あまり (〔不〕太…)

大きい (大的)

耳 (耳朵)

足 (腳)

黒い (黑的)

形容詞くて (表示屬
性的並列〔後面接形
容詞或形容動詞〕)

白い (白的)

女の人が、男の人に話しています。女の人のねこはどれですか。

F：私のねこがいなくなったのですが、知りませんか。

M：どんなねこですか。

F：まだ子どもなので、あまり大きくありません。

M：どんな色ですか。

F：右の耳と右の足が黒くて、ほかは白いねこです。

女の人のねこはどれですか。

譯 女士和男士正在交談。請問這位女士的貓是哪一隻呢？

F：我的貓不見了！您有沒有看到呢？

M：那隻貓長什麼樣子呢？

F：還是一隻小貓，體型不太大。

M：什麼顏色呢？

F：小貓的右耳和右腳是黑的、其他部位是白色。

請問這位女士的貓是哪一隻呢？

答案：**1**

攻略的要點

» 請用刪去法找出正確答案。首先掌握設問「女士的貓是哪一隻呢？」這一大方向。一開始知道女士的貓是「あまり大きくありません」（體型不太大），馬上刪去2和3，接下來男士問什麼顏色的，女士說「右の耳と右の足が黒くて、ほかは白いねこです」（小貓的右耳和右腳是黑的，其他部位是白的），知道正確解答是1了。

1 およぐのがすきだから
2 さかながおいしいから
3 すずしいから
4 いろいろなはながさいているから

答え
① ② ③ ④

答え
① ② ③ ④

第 23 題

track 2-23

1 まいにち

2 かようびのごご

3 しごとがおわったあと

4 ときどき

答え
① ② ③ ④

第 24 題

track 2-24

1 せんたくをしました

2 へやのそうじをしました

3 きっさてんにいきました

4 かいものをしました

答え
① ② ③ ④

1 およぐのがすきだから
2 さかながおいしいから
3 すずしいから
4 いろいろなはながさいているから

どうして（為什麼）
今年（今年）
山（山）
海（海邊）

なぜ（為何）

には、へは、とは
（「は」有特別提出格助詞前面的名詞的作用）
花（花）
咲く（〔花〕開）

女の人と男の人が話しています。男の人はどうして海が好きなのですか。

F：今年の夏、山と海と、どちらに行きたいですか。

M：海です。

F：なぜ海に行きたいのですか。泳ぐのですか。

M：いえ、泳ぐのではありません。おいしい魚が食べたいからです。

F：そうですか。私は山に行きたいです。山は涼しいですよ。それから、山にはいろいろな花がさいています。

男の人はどうして海が好きなのですか。

譯▶ 女士和男士正在交談。請問這位男士為什麼喜歡海呢？

　　F：今年夏天，你想要到山上還是海邊去玩呢？
　　M：海邊。
　　F：為什麼要去海邊呢？去游泳嗎？
　　M：不，不是去游泳，而是我想吃美味的鮮魚。
　　F：原來是這樣哦。我想要去山上。山裡很涼爽喔！還有，山上開著各式各樣的花。

請問這位男士為什麼喜歡海呢？

1 因為他喜歡游泳　　2 因為魚很美味
3 因為很涼爽　　　　4 因為開著各式各樣的花

答案：**2**

攻略的要點

» 這是因果型試題，這類題型通常會提到多種原因，迷惑性高，而且選項干擾性也強。

» 這道題要問的是「男士為什麼喜歡海？」。這是道多項原因的試題，對話中談及了幾個，有女士提問的「去游泳嗎？」，跟女士喜歡山的理由「山裡很涼爽」跟「山上開著各式各樣的花」，為這道題設下了干擾。其實，在對話的中段男士就直接說出原因「おいしい魚が食べたいから」（想吃美味的鮮魚）。正確答案是2。

» 「どうして」（為什麼）是詢問理由的疑問詞，相當於「なぜ」。口語常用「なんで」。「から」（因為）表示原因。一般用在說話人出於個人主觀理由，進行請求、命令及推測。是比較強烈的表達。

第22題

◉ 問人物的題型，要留意人物的外型、穿著以及動作等。　　track **2-22** ◉

お兄さん（哥哥）

どの（哪個）

兄（哥哥）

写る（拍攝）

眼鏡（眼鏡）

（眼鏡を）かける（戴
〔眼鏡〕）

本（書）

が〔對象〕（表示好
惡、需要及想要得到
的對象）

男の人と女の人が話しています。男の人のお兄さんはどの人ですか。

M：私の兄が友だちと写っている写真です。

F：どの人がお兄さんですか。

M：白いシャツを着ている人です。

F：眼鏡をかけている人ですか。

M：いいえ、眼鏡はかけていません。本を持っています。兄はとても本が好きなのです。

男の人のお兄さんはどの人ですか。

譯▶ 男士和女士正在交談。請問這位男士的哥哥是哪一位呢？

　M：這是我哥哥和朋友合拍的相片。

　F：請問哪一位是你哥哥呢？

　M：穿著白襯衫的那個人。

　F：是這位戴眼鏡的人嗎？

　M：不是，他沒戴眼鏡，而是拿著書。因為我哥哥非常喜歡看書。

　請問這位男士的哥哥是哪一位呢？

答案：**1**

攻略的要點

» 看到這張圖，馬上反應是跟人物有關的，然後腦中馬上出現「眼鏡をかける、かばん、本」等單字，甚至其它可以看到的外表描述等等，然後瞬間區別他們的不同。

» 這道題要問的是「男士的哥哥是哪一位呢？」，抓住這個大方向。首先一聽到「白いシャツを着ている人」（穿著白襯衫的那個人），馬上刪去3和4的男士，最後剩下1跟2，要馬上區別出他們的不同就在有無背包包，還有手上有無拿書了。最後的關鍵在男士說的「眼鏡はかけていません。本を持っています」（沒有戴眼鏡，拿著書），知道答案是1。

1 まいにち
2 かようびのごご
3 しごとがおわったあと
4 ときどき

ギター（吉他）
教室（教室）
〔場所・方向〕へ（に）
（往…）
習う（學習）
火曜日（星期二）
だけ（只有）
終わる（結束）
ときどき（有時）

男の人と女の人が話しています。女の人は、いつ、ギターの教室に行きますか。

M：おや、ギターを持って、どこへ行くのですか。

F：ギターの教室です。3年前からギターを習っています。

M：毎日、教室に行くのですか。

F：いいえ。火曜日の午後だけです。

M：家でも練習しますか。

F：仕事が終わったあと、家でときどき練習します。

女の人は、いつ、ギターの教室に行きますか。

譯 男士和女士正在交談。請問這位女士什麼時候會去吉他教室呢？

M：咦？妳拿著吉他要去哪裡呢？
F：吉他教室。我從三年前開始學彈吉他。
M：每天都去教室上課嗎？
F：沒有，只有星期二下午而已。
M：在家裡也會練習嗎？
F：下班以後回到家裡有時會練習。

請問這位女士什麼時候會去吉他教室呢？

1 每天　　　　　2 星期二下午
3 工作結束後　　4 有時候

答案：2

攻略的要點

» 這道題問的是「女士什麼時候會去吉他教室呢？」。記得！一開始要抓住提問的大方向，然後認真、集中注意力往下聽。首先是男士提出的「毎日」（每天），但馬上被女士的「いいえ」（沒有）給否定了，馬上除去「毎日」。女士緊接著說「火曜日の午後だけです」（只有星期二下午而已），答案就在這裡了。最後一句，女士回答的「仕事が終わったあと」（下班以後）跟「ときどき」（有時）都是干擾項，要聽清楚。正確解答是2。

1 せんたくをしました
2 へやのそうじをしました
3 きっさてんにいきました
4 かいものをしました

日曜日（星期天）

降る（下〔雨〕）

午前（上午）

午後（下午）

動詞ながら（一邊…一邊…）

音楽（音樂）

買い物（購物）

男の人と女の人が話しています。女の人は、日曜日の午後、何をしましたか。

M：日曜日は、何をしましたか。

F：雨が降ったので、洗濯はしませんでした。午前中、部屋の掃除をして、午後は出かけました。

M：へえ、どこに行ったのですか。

F：家の近くの喫茶店で、コーヒーを飲みながら音楽を聞きました。

M：買い物には行きませんでしたか。

F：行きませんでした。

女の人は、日曜日の午後、何をしましたか。

譯▶ 男士和女士正在交談。請問這位女士在星期天的下午做了什麼事呢？

M：你星期天做了什麼呢？
F：因為下了雨，所以沒洗衣服。我上午打掃房間，下午出門了。
M：是哦？妳去哪裡了？
F：到家附近的咖啡廳，一邊喝咖啡一邊聽音樂。
M：沒去買東西嗎？
F：沒去買東西。

請問這位女士在星期天的下午做了什麼事呢？

1 洗了衣服　　　2 打掃了房間
3 去了咖啡廳　　4 買了東西

答案：**3**

攻略的要點

» 這道題要問的是「女士星期天的下午做了什麼事？」。如前面提到的，問事的題型，對話中會談論許多的事情，來進行干擾，首先是「洗衣服」、「打掃房間」，還有最後的「買東西」，但這都不是星期天下午做的事。因為女士分段先提到「午後は出かけました」（下午出門了），經過男士的詢問「どこに行ったのですか」（你去哪裡了？）女士回說「家の近くの喫茶店」（到家附近的咖啡廳），所以正確解答是 3「喫茶店に行きました」（去了咖啡廳）。

» 有些題型的選項會出得很巧妙，如果不小心，很容易答非所問，要多加小心。

track **2-25** ⭕

1 大

2 太

3 犬

4 天

答え
① ② ③ ④

track **2-26** ⭕

1 いやなあめ

2 ６月ごろのあめ

3 たくさんふるあめ

4 秋のあめ

答え
① ② ③ ④

第 27 題

track 2-27

1 にぎやかなけっこんしき
2 しずかなけっこんしき
3 がいこくでやるけっこんしき
4 けっこんしきはしたくない

答え
① ② ③ ④

第 28 題

track 2-28

1 くもり
2 ゆき
3 あめ
4 はれ

答え
① ② ③ ④

第 25 題
● 從頭到尾仔細聆聽線索，才聽拼湊出答案。　track 2-25

1 大
2 太
3 犬
4 天

留学生（留學生）
質問（問題；問）
太い（粗的）
点（點）
自動詞＋ています
（…著）
右上（右上方）
読む（讀作）

男の留学生と女の学生が話しています。男の留学生が質問している字はどれですか。

M：ゆみこさん、これは「おおきい」という字ですか。

F：いえ、ちがいます。

M：それでは、「ふとい」という字ですか。

F：いいえ。「ふとい」という字は、「おおきい」の中に点がついています。でも、この字は「大きい」の右上に点がついていますね。

M：なんと読みますか。

F：「いぬ」と読みます。

男の留学生が質問している字はどれですか。

譯▶ 男留學生和女學生正在交談。請問這位男留學生正在詢問的字是哪一個呢？

　M：由美子小姐，請問這個字是那個「大」字嗎？
　F：不，不對。
　M：那麼，是那個「太」字嗎？
　F：不是，「太」那個字是「大」的裡面加上一點。不過，這個字是在「大」字的右上方加上一點喔。
　M：那這個字怎麼讀呢？
　F：讀作「犬」。

　請問這位男留學生正在詢問的字是哪一個呢？

1 大　　　　　2 太
3 犬　　　　　4 天

答案：**3**

攻略的要點

» 這一題要問「男留學生正在詢問的是哪一個字呢？」從對話中女士說的「大きい」（大的）的右上方有一點，讀作「いぬ」（犬，狗）的字，那就是 3 的「犬」了。「という」相當於「叫做…」的意思。

138

第 26 題　◉ 先略讀過選項再聆聽，會更容易掌握對話內容。　track 2-26 ◉

もんだい

1

2

3

4

答案與解說

1 いやなあめ
2 6月ごろのあめ
3 たくさんふるあめ
4 秋のあめ

日本 (日本)

が (主語) (表示動作、狀況的主語)

言う (說話)

たくさん (很多)

秋 (秋天)

名前 (名字)

知る (知道)

男の留学生と日本の女の人が話しています。「つゆ」とは何ですか。

M：今日も雨で、嫌ですね。

F：日本では、6月ごろは雨が多いんです。「つゆ」と言います。

M：雨がたくさん降るのが「つゆ」なんですね。

F：いいえ。秋にも雨がたくさん降りますが、「つゆ」とは言いません。

M：6月ごろ降る雨の名前なんですか。知りませんでした。

「つゆ」とは何ですか。

譯 男留學生正在和日本女士交談。請問「梅雨」是指什麼呢？

M：今天又下雨了，好討厭哦！

F：日本在六月份經常下雨，這叫作「梅雨」。

M：下很多雨就叫作「梅雨」對吧？

F：不是的。雖然秋天也會下很多雨，但不叫「梅雨」。

M：原來是在六月份下的雨才叫這個名稱喔，我以前都不曉得。

請問「梅雨」是指什麼呢？

1 討厭的雨
2 六月份左右的雨
3 下很多的雨
4 秋天的雨

答案：**2**

攻略的要點

» 「6月ごろは雨が多い」（六月份經常下雨），這就叫做「つゆ」（梅雨），並非雨下得多就叫「つゆ」。它是六月份因為滯留鋒面徘徊使得陰雨連綿、長時間持續動輒一兩週的下雨，有一說是因為六月是江南地區梅子的成熟期，後來此名稱傳到了日本。正確答案是 2。

1 にぎやかなけっこん
しき
2 しずかなけっこんしき
3 がいこくでやるけっ
こんしき
4 けっこんしきはした
くない

～は～です（…是
…）

結婚式（結婚典禮）

にぎやか（熱鬧的）

おおぜい（眾多，大
批）

歌（歌）

歌う（唱歌）

静か（安靜）

外国（外國）

女の人と男の人が話しています。女の人は、どん
な結婚式をしたいですか。

F：昨日、姉が結婚しました。

M：おめでとうございます。

F：ありがとうございます。

M：にぎやかな結婚式でしたか。

F：はい、友だちがおおぜい来て、みんなで歌を
歌いました。

M：よかったですね。あなたはどんな結婚式がし
たいですか。

F：私は、家族だけの静かな結婚式がしたいです。

M：それもいいですね。私は、どこか外国で結婚式
をしたいです。

女の人は、どんな結婚式をしたいですか。

譯 女士和男士正在交談。請問女士想要舉行什麼樣的婚
禮呢？

F：昨天我姊姊結婚了。

M：恭喜！

F：謝謝。

M：婚禮很熱鬧嗎？

F：是的，來了很多朋友，大家一起唱了歌。

M：真是太好了！妳想要什麼樣的婚禮呢？

F：我只想要家人在場觀禮的安靜婚禮。

M：那樣也很不錯喔。我想要到外國找個地方舉行婚禮。

請問這位女士想要舉行什麼樣的婚禮呢？

1 熱鬧的婚禮　　　　2 安靜的婚禮

3 到外國舉行的婚禮　4 不想舉行婚禮

答案：**2**

攻略的要點

» 女士明確的說了「家族だけの静かな結婚式がしたい」（我只想要家人在場觀禮
的安靜婚禮）。正確答案是 2。

» 「おめでとうございます」是向人道賀時，常用的祝賀語。相當於「恭喜！恭
喜！」。用在例如「明けましておめでとうございます」（恭喜新年好）、「ご成功
おめでとうございます」（祝賀你成功）、「お誕生日おめでとうございます」（祝
你生日快樂）、「合格おめでとうございます」（恭喜考上）等，只要是值得慶賀
的場合都適用。

第28題 ● 天氣題有時也會有混淆讀者的對話，從頭到尾都要仔細聽。 track 2-28 ●

1 くもり
2 ゆき
3 あめ
4 はれ

今（現在）

どんな（什麼樣的）

曇り（陰天）

雪（雪）

そちら（那裡）

まだ＋否定（還沒…）

でも（但是）

夜（晚上）

女の人と男の人が、電話で話しています。今、男の人がいるところは、どんな天気ですか。

F：寒くなりましたね。

M：そうですね。テレビでは、午前中はくもりで、午後から雪が降ると言っていましたよ。

F：そうなんですか。そちらでは、雪はもう降っていますか。

M：まだ、降っていません。でも、今、雨が降っているので、夜は雪になるでしょう。

今、男の人がいるところは、どんな天気ですか。

譯▶女士和男士正在講電話。請問男士目前所在地的天氣如何呢？

F：天氣變冷了吧？

M：是啊。電視氣象說了，上午是陰天，下午之後會下雪喔。

F：這樣哦。你那邊已經在下雪了嗎？

M：還沒下。不過，現在正在下雨，入夜之後應該會轉為下雪吧。

請問那位男士目前所在地的天氣如何呢？

1 陰天
2 下雪天
3 雨天
4 晴天

答案：**3**

攻略的要點

» 這是道典型的天氣的考題，設問是「男士目前所在地的天氣如何？」。一開始男士根據電視氣象，說「上午是陰天，下午之後會下雪」，後來自己又否定掉，這是干擾項。接下來才是關鍵，男士提到「今、雨が降っている」（現在正在下雨）。雖然後面還說，之後下雪的可能性很高，不過問題問的是「今」（現在）。正確答案是3。

» 這是典型的天氣預報方式，內容相當單純，表達也很固定，只要好好記住幾個有限的天氣用語，再配合選項的文字或圖。應該不難克服。

1 1,500 えん

2 2,500 えん

3 3,000 えん

4 5,500 えん

答え
① ② ③ ④

1 バス

2 じてんしゃ

3 あるきます

4 ちかてつ

答え
① ② ③ ④

第 31 題

track 2-31

1 2,200 えん
2 2,300 えん
3 2,500 えん
4 2,800 えん

答え
① ② ③ ④

第 32 題

track 2-32

1 くつをはきます
2 スリッパをはきます
3 スリッパをぬぎます
4 くつしたをぬぎます

答え
① ② ③ ④

1 1,500 えん
2 2,500 えん
3 3,000 えん
4 5,500 えん

〔状態、情況〕＋で
（在…，以…）

いくら（多少錢）

千（千）

百（百）

お酒（酒）

ハム（火腿）

それに（還有；而且）

サンドイッチ（三明治）

男の人と女の人が話しています。女の人は、ぜんぶでいくら買い物をしましたか。

M：たくさん買い物をしましたね。お酒も買ったのですか。いくらでしたか。

F：1本 1,500 円です。2本買いました。

M：お酒は高いですね。そのほかに何を買いましたか。

F：パンとハム、それに卵を買いました。パーティーの料理にサンドイッチを作ります。

M：パンとハムと卵でいくらでしたか。

F：2,500 円でした。

女の人は、ぜんぶでいくら買い物をしましたか。

譯▶ 男士和女士正在交談。請問這位女士總共買了多少錢的東西呢？

M：妳買了好多東西哦！還買了酒嗎？多少錢？

F：一瓶一千五百日圓，我買了兩瓶。

M：酒好貴喔！其他還買了什麼呢？

F：麵包和火腿，還買了蛋。派對的餐點我要做三明治。

M：麵包和火腿還有蛋是多少錢呢？

F：兩千五百日圓。

請問這位女士總共買了多少錢的東西呢？

1 一千五百日圓
2 兩千五百日圓
3 三千日圓
4 五千五百日圓

答案：**4**

攻略的要點

» 這一題的關鍵在要聽懂酒「1本 1,500 円です。2本買いました」（一瓶一千五百日圓，買了兩瓶），跟麵包、火腿和蛋合計為「2,500 円でした」（兩千五百日圓）。一瓶一千五百日圓的酒，兩瓶就是三千日圓。其他還有麵包、火腿和蛋合計為兩千五百日圓，所以全部加起來是五千五百日圓。正確答案是 4。

1 バス
2 じてんしゃ
3 あるきます
4 ちかてつ

いつも（總是）

ない（沒有）

歩く（走路）

地下鉄（地鐵）

電気（電，電力）

止まる（停止）

〔動詞＋て〕（因為…）

女の学生と男の学生が話しています。二人は、今日は何で帰りますか。

F：あ、佐々木さん。いつもこのバスで帰るんですか。

M：いいえ、お金がないから、自転車です。天気が悪いときは、歩きます。

F：今日はどうしたんですか。

M：足が痛いんです。小野さんは、いつも地下鉄ですよね。

F：ええ、でも今日は、電気が止まって地下鉄が走っていないんです。

M：そうですか。

二人は、今日は何で帰りますか。

譯 女學生和男學生正在交談。請問他們兩人今天要用什麼交通方式回家呢？

　F：啊，佐佐木同學！你平常都是搭這條路線的巴士回家嗎？

　M：不是，我沒錢，都騎自行車；天氣不好的時候就走路。

　F：那今天為什麼會來搭巴士呢？

　M：我腳痛。小野同學通常都搭地下鐵吧？

　F：是呀。不過今天停電了，地下鐵沒有運行。

　M：原來是這樣的喔。

　請問他們兩人今天要用什麼交通方式回家呢？

　1 巴士　2 自行車　3 步行　4 地下鐵

答案：**1**

攻略的要點

» 因為女學生說「いつもこのバスで帰るんですか」（你平常都是搭這條路線的巴士回家嗎？），所以兩人現在應該是在公車裡，或是公車站。雖然兩人平常都是利用其他不同的交通工具上下學，不過今天是搭公車回家。正確答案是 1。

145

1　2,200 えん
2　2,300 えん
3　2,500 えん
4　2,800 えん

二（二）
五（五）
八（八）
三（三）
赤い（紅的）
もう（已經；再）
〜をください（請給我…）

女の人と店の男の人が話しています。女の人はかさをいくらで買いましたか。

F：すみません。このかさは、いくらですか。

M：2,500 円です。前は 2,800 円だったのですよ。

F：300 円安くなっているのですね。同じかさで、赤いのはないですか。

M：ないですね。では、もう 200 円安くしますよ。買ってください。

F：じゃあ、そのかさをください。

女の人はかさをいくらで買いましたか。

譯　女士和男店員正在交談。請問這位女士用多少錢買了傘呢？

F：不好意思，請問這把傘多少錢呢？

M：兩千五百日圓。原本賣兩千八百日圓喔！

F：這樣便宜了三百日圓囉。有沒有和這個同樣款式的紅色的呢？

M：沒有耶。那麼，再便宜兩百日圓給您喔！跟我買吧！

F：那，請給我那把傘。

請問這位女士用多少錢買了傘呢？

1　兩千兩百日圓　2　兩千三百日圓
3　兩千五百日圓　4　兩千八百日圓

答案：**2**

攻略的要點

» 這一題要問「女士用了多少錢買了傘呢？」這題的對話先說出現在要賣「2,500 円です」（兩千五百日圓）。不過「前は 2,800 円だったのですよ」（原本賣兩千八百日圓）來進行干擾。後來因為傘不是女士喜歡的顏色，男店員又似乎希望能早點賣掉這把傘，於是又補充「もう 200 円安くしますよ」（再便宜兩百日圓給您喔），而女士也決定要買那把傘了。要能判斷出「安くします」也就是「算便宜」，就容易得出答案的，兩千五百減兩百，等於花了兩千三百日圓。正確答案是 2。

1 くつをはきます
2 スリッパをはきます
3 スリッパをぬぎます
4 くつしたをぬぎます

たたみ（榻榻米）
玄関（玄關）
脱ぐ（脫）
〔動詞＋て〕（時間順序）（表示行為動作依序進行）

スリッパ（拖鞋）

はく（穿〔鞋，襪等〕）

靴下（襪子）

まま（…著，就…）

男の人が、外国から来た友だちに話をしています。

たたみのへやに入るときは、どうしますか。

M：家に入るときは、げんかんでくつをぬいでください。

F：くつぬいで、スリッパをはくのですね。

M：そうです。あ、ここでは、スリッパもぬいでください。

F：えっ、スリッパもぬぐのですか。どうしてですか。

M：たたみのへやでは、スリッパははかないのです。あ、くつしたはそのままでいいですよ。

たたみのへやに入るときは、どうしますか。

譯▶男士正對著從國外來的朋友說話。請問進入鋪有榻榻米的房間時該怎麼做呢？

M：進去家裡的時候，請在玄關處把鞋子脫下來。

F：要脫掉鞋子，換上拖鞋對吧？

M：對。啊，到這裡請把拖鞋也脫掉。

F：什麼？連拖鞋也要脫掉嗎？為什麼呢？

M：在鋪有榻榻米的房間裡是不能穿拖鞋的。啊，襪子不用脫沒有關係。

請問進入鋪有榻榻米的房間時該怎麼做呢？

1 要穿鞋子
2 要穿拖鞋
3 要將拖鞋脫掉
4 要將襪子脫掉

答案：3

攻略的要點

» 男士說在玄關要先脫鞋，接著要穿拖鞋，但是進到塌塌米房間時，穿著的那雙拖鞋也要脫掉。不過襪子「そのままでいい」（不用脫沒關係），也就是說，襪子穿著不用脫。正確答案是3。「まま」表示保持原來的樣子，原封不動的意思。

1 せんせい
2 さいふ
3 おかね
4 いれもの

答え
① ② ③ ④

1 のみものをのみたいです
2 たばこをすいたいです
3 にわをみたいです
4 おすしをたべたいです

答え
① ② ③ ④

第 35 題　　　　　　　　　　　　　track 2-35

1　2　3　4

答え
① ② ③ ④

第 36 題　　　　　　　　　　　　　track 2-36

1　３ねんまえ
2　２ねんまえ
3　きょねんのあき
4　ことしのはる

答え
① ② ③ ④

1 おいしくないから

2 たかいから

3 おとこのひとがネクタイをしめていないから

4 えきの近くのしょくどうのほうがおいしいから
　　ら

1 せんせい
2 さいふ
3 おかね
4 いれもの

という〔名詞〕(叫做…)

言葉 (詞彙)

方 (…法)

財布 (錢包)

それ (那個)

お金 (錢)

入れ物 (容器)

女の留学生と、男の先生が話しています。女の留学生は、なんという言葉の読み方がわかりませんでしたか。

F：先生、この言葉の読み方がわかりません。教えてください。

M：この言葉ですか。「さいふ」ですよ。

F：それは何ですか。

M：お金を入れる入れ物のことですよ。

F：ああ、そうですか。ありがとうございました。

女の留学生は、なんという言葉の読み方がわかりませんでしたか。

譯 女留學生和男老師正在交談。請問這位女留學生不知道什麼詞語的讀法呢？

F：老師，我不知道這個詞該怎麼念，請教我。
M：這個詞嗎？是「錢包」喔！
F：那是什麼呢？
M：就是指裝錢的東西呀！
F：喔喔，原來是那個呀！謝謝您！

請問這位女留學生不知道什麼詞語的讀法呢？

1 老師　　　　　2 錢包
3 錢　　　　　　4 容器

答案：2

攻略的要點

» 男老師回答了「『さいふ』ですよ」，所以正確答案是 2。另外，「入れ物」(容器)這個單字對 N5 來說雖然有點難，現在不記也沒關係。「なんという」(叫什麼)表示不知道該東西的名稱。

1 のみものをのみたい
です
2 たばこをすいたいです
3 にわをみたいです
4 おすしをたべたいです

冷たい（冰冷的）

貸す（借〔出〕）

たばこ（香菸）

外（外面）

吸う（抽〔菸〕）

こちら（這裡）

庭（庭院）

すし（壽司）

パーティーで、女の人と男の人が話しています。
男の人は、初めに何をしたいですか。

F：冷たい飲み物はいかがですか。

M：今は飲み物はいりません。灰皿を貸してくだ
さいませんか。

F：たばこは外で吸ってください。こちらです。

M：ああ、ありがとう。きれいな庭ですね。たば
こを吸ってから、中でおすしをいただきます。

男の人は、初めに何をしたいですか。

譯 女士和男士正在派對上交談。請問這位男士想先做什麼呢？

F：您要不要喝點什麼冷飲呢？

M：我現在不需要飲料。可以借我一個菸灰缸嗎？

F：請到戶外抽菸，往這裡走。

M：喔喔，謝謝。這院子好漂亮呀！我先抽完菸，再進去裡面享用壽司。

請問這位男士想先做什麼呢？

1 想喝飲料
2 想抽菸
3 想看院子
4 想吃壽司

答案：**2**

攻略的要點

» 因為提到「たばこを吸ってから、中でおすしをいただきます」（我先抽完菸，再進去裡面享用壽司），所以最先想做的事情是抽菸。正確答案是2。「動詞てから」（先做⋯，然後再做⋯）結合兩個句子，表示前句的動作做完後，再進行後句的動作。這個句型強調先做前項的動作。「動詞ます形＋たい」。表示說話人（第一人稱）內心希望某一行為能實現，或是強烈的願望。疑問句時表示聽話者的願望。可譯作「⋯想要做⋯」。

会社（公司）

いる（〔有生命體或
動物〕有，存在）

〔理由〕＋で（因
為…）

友達（朋友）

どちら（哪一個）
背・背（身高）
高い（高）

会社で、男の人と女の人が話しています。会社に来たのは、どの人ですか。

M：増田さんがいないとき、井上さんという人が来ましたよ。

F：男の人でしたか。

M：いいえ、女の人でした。仕事で来たのではなくて、増田さんのお友だちだと言っていましたよ。

F：井上という女の友だちは、二人います。どちらでしょう。眼鏡をかけていましたか。

M：いいえ、眼鏡はかけていませんでした。背が高い人でしたよ。

会社に来たのは、どの人ですか。

譯 男士和女士正在公司裡交談。請問來過公司的是哪位呢？

　　M：增田小姐不在的時候，有位姓井上的人來過喔！
　　F：是先生嗎？
　　M：不是，是一位小姐。她不是來洽公的，說自己是增田小姐的朋友喔！
　　F：姓井上的女性朋友，我有兩個，不知道是哪一個呢？有沒有戴眼鏡？
　　M：不，沒有戴眼鏡。身高很高喔！

　　請問來過公司的是哪位呢？

答案：**4**

攻略的要點

» 看到這張圖，馬上反應是跟人物有關的，然後腦中馬上出現「男、女、眼鏡を
かける、背が高い」等單字，甚至其它可以看到的外表描述等等，然後瞬間區別
他們的性別、身高、髮型及穿戴上的不同。

» 這道題要問的是「來過公司的是哪位呢？」，抓住這個大方向。一聽到「女の人でし
た」（是一位小姐），馬上刪去1和3的男士，最後剩下2跟4，要馬上區別出她們
的不同就在有無戴眼鏡，還有身高了。最後的關鍵在男士說的「眼鏡はかけていま
せんでした。背が高い人でした」（沒有戴眼鏡。身高很高），知道答案是4。

1 ３ねんまえ
2 ２ねんまえ
3 きょねんのあき
4 ことしのはる

赤ちゃん (嬰兒)
生まれる (出生)
〔時間〕＋に (在…)
東京 (東京)
去年 (去年)
～人家族 (…人家庭，一家…口)
犬 (狗)

男の人と女の人が話しています。女の人の赤ちゃんは、いつ生まれましたか。

M：あなたは３年前に東京に来ましたね。いつ結婚しましたか。

F：今から２年前です。去年の秋に子どもが生まれました。

M：男の子ですか。

F：いいえ、女の子です。

M：３人家族ですね。

F：ええ。でも、今年の春から犬も私たちの家族になりました。

女の人の赤ちゃんは、いつ生まれましたか。

譯 男士和女士正在交談。請問這位女士的寶寶是什麼時候出生的呢？
M：妳是三年前來到東京的吧？什麼時候結婚的呢？
F：兩年前。去年秋天生小孩了。
M：是男孩嗎？
F：不是，是女孩。
M：現在變成一家三口囉！
F：是呀。不過，從今年春天家庭成員又多了一隻狗。
請問這位女士的寶寶是什麼時候出生的呢？

1 三年前　　　　2 兩年前
3 去年秋天　　　4 今年春天

答案：3

攻略的要點

» 這一題出現了幾個干擾項目，而且所有相關的時間詞多，出現的時間點也都靠得很近，例如來東京的「三年前」、結婚時間的「二年前」，最後還有小狗出生的時間「今年春天」所以要跟上速度，腦、耳、手並用，一一記下。還好，對話中明確提到了「去年の秋に子どもが生まれました」（去年秋天生小孩了）這個解答。正確答案是3。

1 おいしくないから
2 たかいから
3 おとこのひとがネクタイをしめていないから
4 えきの近くのしょくどうのほうがおいしいから

有名（有名）

形容動詞な＋名詞
（…的…）

レストラン（餐廳）

食べる（吃）

きれい（漂亮；乾淨）

違う（不同）

近く（近）

男の人と女の人が話しています。二人はどうして有名なレストランで晩ご飯を食べませんか。

M：あのきれいな店で晩ご飯を食べましょう。

F：あの店は有名なレストランです。お金がたくさんかかりますよ。

M：大丈夫ですよ。お金はたくさん持っています。

F：でも、違うお店に行きましょう。

M：どうしてですか。

F：ネクタイをしめていない人は、あの店に入ることができないのです。

M：そうですか。では、駅の近くの食堂に行きましょう。

二人はどうして有名なレストランで晩ご飯を食べませんか。

譯▶ 男士和女士正在交談。他們兩人為什麼不在知名的餐廳吃晚餐呢？

M：我們去那家很漂亮的餐廳吃晚餐吧！

F：那家店是很有名的餐廳，一定要花很多錢吧。

M：別擔心啦，我帶了很多錢來。

F：可是我們還是去別家餐廳吧！

M：為什麼？

F：因為沒繫領帶的客人不能進去那家餐廳吃飯。

M：這樣喔。那麼，我們到車站附近的餐館吧！

他們兩人為什麼不在知名的餐廳吃晚餐呢？

1 因為不好吃
2 因為很貴
3 因為男士沒有繫領帶
4 因為車站附近的餐館比較好吃

答案：**3**

攻略的要點

» 在女士說了「違うお店に行きましょう」（還是去別家餐廳吧）後，男士詢問了理由，女士則回答「ネクタイをしめていない人は、あの店に入ることができないのです」（因為沒有繫領帶的客人不能進去那家餐廳吃飯），男士接著說「では、駅の近くの食堂に行きましょう」（那麼，我們到車站附近的餐館吧）。從男士的回答可以知道他理解了女士的考量，也可推測男士現在是沒有繫領帶的。正確答案是 3。

日常問候語

おはようございます ／早安。
▶早上打招呼的問候語。

こんにちは ／日安。
▶一般用在白天見面時，打招呼的問候語。

こんばんは ／晚安。
▶一般用在晚上見面時，打招呼的問候語。

おやすみなさい ／晚安。
▶要睡覺時說的寒暄語。

出門、回家時的招呼語

ちょっとスーパーへ行ってきます ／我去一下超市。
▶表示到超市（一般用於前往較近的地方）去一趟，一會兒就回來。

行ってきます ／我走了。
▶出門時的寒暄用語。一般用在還會回來的場合。

いってらっしゃい ／去吧。
▶向出門的人說的寒暄用語。一般用在出門的人還會回來的場合。

ただいま ／我回來了。
▶外出的人回到家，跟家人說的寒暄語。

お帰りなさい ／你回來了。
▶家裡人迎接回家的人說的寒暄語。

道別和慰問的用語

失礼します ／告辭了。
▶表示告辭離開之意。是比較禮貌的說法。

失礼します ／失陪了。
▶用在跟長輩、上司告辭的時候。

さようなら ／再見。
▶用在向他人道別說再見時。

じゃあね ／拜拜。
▸用在向較親近的人道別說再見時。

またね ／下次見。
▸日本人生活中大多喜歡講「またね／下次見」之類的表示後會有期之意的道別寒暄語。

ご苦労様でした ／辛苦你了。
▸對他人的辛苦表示慰問或感謝的話。上司對下屬說或長輩對晚輩說的話。

お疲れ様でした ／辛苦您了。
▸對他人的辛苦表示慰問或感謝的話。下屬對上司說或晚輩對長輩說的話。下班時同事間會互相說這句話，表示道別。

麻煩了、謝謝、對不起

すみません ／抱歉。
▸基本用法是認錯，表示道歉。也用在給別人添麻煩時，表示歉意。

どうも ／謝謝。
▸「どうもありがとうございます／謝謝」的簡略說法；也是「どうもすみません／謝謝」的簡略說法。

いいえ、どういたしまして ／不客氣、沒什麼。
▸當他人對自己說「ありがとうございました」時，用來表達不用謝的寒暄語。

お願いします ／麻煩您了、拜託您了。
▸請求對方幫忙時，只要再請求事物後面加上「お願いします」就可以了。相當萬用的一句話。

お待たせしました ／讓您久等了。
▸一般用在讓對方久等之後致歉的場合。

發語詞、緩衝詞

すみません ／請問。
▸打聽、詢問、插話或請他人辦事等等，很多情況下可以用到這句話。

あのう　／不好意思。
▶想詢問他人某事時，向人打招呼引起對方注意的用語。

あのう　／嗯～我想想看。
▶一時找不到適當的說法時，用在大腦正在思考怎麼說比較慎重時的緩衝用詞。

ええと　／嗯～
▶思考下一句話該怎麼說時的一種緩衝用詞。沒有什麼特別的意思。

關心身體狀況的用語

どうしたんですか　／你怎麼了？
▶用在看到對方碰到問題或狀況不佳，而關心地詢問相關的情況時。

お元気ですか　／你好嗎？
▶是「您身體好嗎？」、「你好嗎？」的意思，一般用於久別重逢時詢問對方身體等狀況的寒暄用語。

おかげさまで、元気です　／託您的福，我很好。
▶作爲「お元気ですか」的回答，最常見的肯定回答就是「元気です」。不過日本人一般會在前面加一句「おかげさまで」來感謝對方慰問的意思。

どうぞお大事に　／請多保重。
▶對生病或受傷的人表示關心的用語。也用在醫生看完病人之後，請病人保重的場合。

談論天氣

今日は暑いですね　／今天真熱啊。
▶用在在家門口與鄰居，或在公司與同事等針對天氣打招呼的時候。

今日は暑いね　／今天真熱啊。
▶這裡的「ね」有請對方同意自己的看法的意思。

いい天気ですね　／天氣真好啊。
▶用於在家門口與鄰居，或在公司與同事等針對天氣打招呼的時候。

初次見面

はじめまして　／您好。
▶第一次見面的寒暄語。

山田と申します　／我叫山田。
▶用在介紹自己的時候。一般來說，只報自己的姓氏或說全名都可以。

どうぞよろしくお願いします　／請多多關照。
▶常和「はじめまして」前後配套使用，也是用在第一次見面的寒暄語。

こちらこそよろしくお願いします　／我也請您多多關照。
▶回答1、3句的初次見面寒暄語。

お仕事は何ですか　／您從事什麼工作？
▶用在詢問對方職業是什麼的場合。

お国はどちらですか　／您是哪國人呢？
▶詢問對方來自哪個國家時。

失礼ですが、山田さんですか
／不好意思請問一下，您是山田先生嗎？
▶與人初次相約見面，看見對方像你想像中的那個人，並上前詢問對方姓名時。

拜訪他人家

ごめんください　／有人在家嗎？
▶一般用在去他人家中拜訪，在門口敲門時。

どちらさまですか　／誰啊？
▶有人敲門或按門鈴時，回應外面的人的用語。「どちらさま」是「だれ／誰」、「どなた／誰」的敬語。

こちらへどうぞ　／這邊請。
▶去他人家中拜訪，主人在玄關迎接，請客人進入家裡的說法。

お邪魔します　／打擾了。
▶用在進入他人的房間或到朋友家拜訪，正要進去朋友家的玄關時。

お邪魔しました　／打擾了。
▶拜訪結束要離開時的用語。

このあいだはどうも ／感謝上次的關照。
▶得到對方的關照或贈禮，日本人習慣在下一次見面或打電話時再道一次謝。

餐桌上的對話

いただきます ／開動啦。
▶在吃飯開動前，感謝食物、感謝為我準備佳餚的人而致意的寒暄語。

おかわり、いかがですか ／要不要再來一碗呢？
▶用餐中，主人問客人是否要再來一碗的說法。也用在餐廳用餐時，服務生問：「請問有需要續杯／碗嗎？」的時候。

おいしいですね ／真好吃。
▶針對食物說出自己吃後的感受。

ええ、ほんとうに ／嗯！真好吃。
▶針對「おいしいですね」的肯定的回答。

ご馳走様でした ／感謝招待。
▶吃完飯後，表示感謝對方款待的禮貌用語。

購物會話

いらっしゃいませ ／歡迎光臨。
▶餐廳、商店的服務員，或公司、銀行等的職員，用來招呼客人的禮貌用語。簡略說法是「いらっしゃい」，也用在家裡迎接客人時。

それを見せてください ／那個請給我看一下。
▶表示請某人做某事。

何になさいますか ／您要點（買）什麼？
▶這是服務員或店員請客人點菜或問客人要買什麼的說法。

何にいたしましょう ／您要點（買）什麼？
▶這也是服務員或店員請客人點菜或問客人要買什麼的說法。

何にしましょう ／要買什麼？
▶店員接待客人時的用語。

買いたいんですが ／我想買…
▶「たいんですが／我想…」表示說話人想做某一事情的願望和要求。

160

靴<ruby>くつ</ruby>がほしいんですが ／我想要一雙鞋子。

▶「がほしいんですが／我想要…」。表示第一人稱的願望、欲求。

これ、いかがですか ／這一雙如何呢？

▶「いかがですか／如何呢」用在店員給客人看商品，並且打聽客人對該商品有什麼想法時。

どうですか ／如何呢？

▶用在店員給客人看商品，並且打聽客人對該商品有什麼想法時。意思跟說法比較客氣的「いかがですか」一樣。

けっこうです ／不需要。

▶被詢問「どうですか／如何呢」或提議時，拒絕的說法，是比較鄭重的說法。

いいです ／不用，沒關係。

▶被詢問「どうですか／如何呢」或提議時，拒絕的說法，是稍微客氣的說法。

いらないです・いりません ／不用。

▶被詢問「どうですか／如何呢」或提議時，拒絕的說法，是比較直接粗魯的說法。

わかりました ／知道了。

▶用在告訴對方，瞭解對方的意思了的時候。

お待<ruby>ま</ruby>ちください ／請等一下。

▶請對方稍等一下的說法。

じゃあ、これください ／那麼，給我這個。

▶在商店購物時，想購買店員推薦的商品，就用這句話。

ください ／我要。

▶買東西時，表示「我要」的意思。

はい、こちらですね ／好的，是這個對吧？

▶確認的說法，針對重要的地方進行重複確認的說法。

こちらでよろしいですね ／是這個沒錯吧？

▶確認的說法，針對重要的地方進行重複確認的說法。

ご一緒でいいですか ／要一起算嗎？
▶用在算帳時服務人員詢問客人是否一起算帳的場合。

べつべつにしてください ／各自付錢。
▶用在算帳時客人跟服務人員說我們各自付錢的場合。

お先にどうぞ ／請先走。
▶用在要進門、出電梯、點餐、用餐…等情況下，請對方先行做某事的意思。

1200円になります ／總共是1200圓。
▶「になります」表示到最後的金額變成某數字的意思。意思和「です」一樣。

100円のお返しです ／找您100圓。
▶店員等找錢時用語。

提議及邀約的用法

卓球をしませんか ／要不要去打乒乓呢？
▶「しませんか」表示勸誘對方或向對方提出建議。是一種詢問對方意願的客氣用法，願意與否都尊重對方的情緒。

週末にパーティーをやりましょうか
／週末一起辦場派對吧？
▶「ましょうか」表示勸誘對方一起做某事。一般用在說話人先決定想做某事，再詢問對方的意願的時候，所以心態是積極的。

表達自己的想法

あの人は男の子だと思います ／我覺得那人是個男孩。
▶「だと思います／我認為…」用在自己不是很確定的情況下，說出自己的想法時。

イタリア語は難しいんじゃないでしょうか
／義大利話不是很難嗎？
▶「じゃないでしょうか／不是嗎」用在說出自己的意見時。

早く帰ったほうがいいですよ ／最好趕快回家喔。
▶「ほうがいいです／最好…」用在跟對方提出自己的意見，建議對方做理想的行為時，語尾一般會接「よ／喔」。

和對方確認 的用法	これでいいですか ／這樣可以嗎？

▶在某種情況下，詢問對方這樣做是否可以呢？

これあなたのかばんですね ／這是你的皮包吧？

▶這裡的「ね」有跟對方確認的意思。

ここは学校でしょう ／這裡是學校吧？

▶「でしょう／是…吧」用在自己不是很確定的情況下，說出自己的想法時。

提出疑問	これは何ですか ／這是什麼？

▶用在尋問某人某事物，以獲取信息時。

日本語で何と言いますか ／用日語怎麼說？

▶「何と言いますか／怎麼說呢」用在詢問語言或事物的名稱。

どんな本ですか ／什麼書呢？

▶「どんな」用來詢問某事物是「什麼情況、什麼樣子」之時。

なんていう花ですか ／這花叫什麼名字？

▶「なんていう／叫什麼」用在詢問某物的名稱時。

え、何ですか ／咦？是什麼呢？

▶不知道對方說什麼，反問的說法。較隨興的一種表現。

山田さんの机はこれですか

／山田先生的桌子是這張嗎？

▶用「～は～ですか／是…嗎」的形式，來詢問是否正確。

なんと言いますか ／叫什麼？

▶請教對方事物或人的名稱時。

どこですか ／在什麼地方？

▶詢問地點的說法。

知っていますか　／你知道嗎？

▶由於「知ります／知道」是瞬間動詞，因此在「知道」的那個時間點之後，就進入了「知っています」的「狀態」了。所以當在問「你知不知道某事」的時候，就要用處在知道某事的「狀態」裡的「知っていますか」，而不用「知りますか」。

肯定答覆　はい　／是，對。

▶用得最多的肯定，表示「肯定」的回應。

ええ　／是，對。

▶跟「はい」意思一樣，但說法比較隨便些。

ああ、いいですね　／嗯！好啊。

▶答應對方的邀約的說法。

 はい、行きましょう　／好啊，一起去吧。

▶答應對方的邀約的說法。

オーケー　／OK！

▶表示答應對方的邀約，跟關係比較密切的人的說法。

そうしましょう　／就這麼辦吧。

▶表示同意的說法。

ええ、そうです　／嗯，是的。

▶表示肯定的說法。

どうぞ　／可以；請。

▶同意對方的請求，請對方往下說的用語；也用在表示勸誘、請求等場合。

はい、どうぞ　／喔，請。

▶「はい」把東西遞交給他人時的用語。「どうぞ」用在促使、勸誘對方進行某動作時。

はい、これです　／好，這就是。

▶「はい」把東西遞交給他人時的用語。

否定答覆

ええと、ちょっと～ ／嗯，唉呀（我不知道）！

▶當對方提出要求和希望時，日本人如果不知道，一般採用這樣的婉轉的回應方式，而不是直接了當的說法。

ああ、すいません、私はちょっと～ ／唉呀，真

抱歉，我沒辦法…。

▶「私はちょっと～」是一種婉轉的拒絕對方邀約的說法。日本人有著總是先考慮對方的感受後行動，善於委婉地表達拒絕，不給對方造成傷害，從而達到圓滑地收場的習慣。

また誘ってください ／請下次再約我。

▶在拒絕對方之後，加上這一句，會讓對方感到自己還有機會邀約對方。是一種婉轉又考慮到對方立場的說法。

いいえ、そうじゃありません ／不，不是那樣的。

▶「じゃありません／不」表示否定的說法。

では、いいです ／那就算了。

▶用在回絕某事的場合。

知りません ／不知道。

▶當被問道「知っていますか」，如果不知道就用「知りません」。這是因為，在還沒有知道該事情的時間點前，並沒有進入「知っています」的「狀態」，所以在這裡是對於「知ります」的否定，要回答「知りません」，而不是「知っていないです」。

発話表現

錯題數：＿＿＿＿＿＿＿

もんだい3では、えを みながら しつもんを きいて ください。➡（やじるし）の ひとは、なんと いいますか。1から3の なかから、 いちばん いい ものを ひとつ えらんで ください。

第 1 題　　　　　　　　　　　　　　　track **3-1**

答え
① ② ③

第 2 題　　　　　　　　　　　　　　　track **3-2**

答え
① ② ③

第 3 題　　　　　　　　　　　　　　　track **3-3**

答え
① ② ③

第 4 題

track 3-4 🔘

答え
① ② ③

第 5 題

track 3-5 🔘

答え
① ② ③

第 6 題

track 3-6 🔘

答え
① ② ③

第 1 題

track 3-1

朝、起きました。家族に何と言いますか。

M：1．行ってきます。

2．こんにちは。

3．おはようございます。

譯▶早上起床了。請問這時該對家人說什麼呢？

M：1.我要出門了。

2.午安。

3.早安。

第 2 題

track 3-2

今からご飯を食べます。何と言いますか。

F：1．いただきます。

2．ごちそうさまでした。

3．いただきました。

譯▶現在要吃飯了。請問這時該說什麼呢？

F：1.我開動了。

2.我吃飽了。

3.承蒙招待了。

第 3 題

track 3-3

電車の中で、あなたの前におばあさんが立っています。何と言いますか。

M：1．どうしますか。

2．どうぞ、座ってください。

3．私は立ちますよ。

譯▶在電車裡，你的面前站著一位老婆婆。請問這時該說什麼呢？

M：1.怎麼辦呢？　2.請坐。　3.我站起來囉！

攻略的要點

» 早上的問候語是「おはようございます」（早安），這是對長輩或上司的說法。也可以只說「おはよう」來表達問早的禮貌。正確答案是3。

1 「行ってきます」（我要出門了），是每天出門前跟家人，或在公司外出時跟同事說的問候語。

2 「こんにちは」（午安），這是中午至日落之間，見面時問好、打招呼的問候語。

單字・慣用句・文法 おはようございます（早安）

攻略的要點

» 用餐前的致意語是「いただきます」（我開動了）。這個詞有「拜受」的意思。因此，含有對烹調的人表達感謝之意，也含有對食物本身，及生產食物者的感激。正確答案是1。

2 「ごちそうさまでした」（我吃飽了，多謝款待）。這是用餐結束時感謝主人款待的致意詞。

3 「いただきました」(收下了)。不是致意語，而是「もらいました（收下了）」或「食べました（吃了）」的敬語。通常很少單獨使用。

單字・慣用句・文法 いただきます（開動了）　　ごちそうさまでした（我吃飽了；多謝款待）

攻略的要點

» 在車上要讓座時，應該說的是2的「どうぞ、座ってください」（請坐）。前面的「どうぞ」（請），讓整句話顯得更客氣了。正確答案是2。

1 「どうしますか」（怎麼辦呢）。這是用在詢問對方準備要選擇什麼樣的行動時，語意不符。

3 「私は立ちますよ」（我站起來囉）。這句話在文法上沒有任何錯誤，但語意不符。

單字・慣用句・文法 座<ruby>座<rt>すわ</rt></ruby>る（坐）　　<ruby>立<rt>た</rt></ruby>つ（站）

家に帰りました。家族に何と言いますか。

F：１．いま帰ります。

　　２．行ってきます。

　　３．ただいま。

譯 回家了。請問這時該對家人說什麼呢？

　F：1.我現在要回來。

　　　2.我出門了。

　　　3.我回來了。

店で、棚の中の赤いさいふを買いたいです。店の人に何と言いますか。

F：１．すみませんが、その赤いさいふを見せてください。

　　２．すみませんが、その赤いさいふを買いませんか。

　　３．すみませんが、その赤いさいふは売りませんか。

譯 在店裡想買櫃上的紅色錢包。請問這時該向店員說什麼呢？

　F：1.不好意思，請給我看那只紅色的錢包。

　　　2.不好意思，請問要不要買那只紅色的錢包呢？

　　　3.不好意思，請問那只紅色的錢包要賣嗎？

前を歩いていた男の人が、電車の切符を落としました。何と言いますか。

F：１．切符落としちゃだめじゃないですか。

　　２．切符なくしましたよ。

　　３．切符落としましたよ。

譯 走在前方的那位男士掉了電車車票。請問這時該對他說什麼呢？

　F：1.怎麼可以把車票弄掉了呢？

　　　2.車票不見了喔！

　　　3.車票掉了喔！

攻略的要點

答案：**3**

» 回家時的問候語是「ただいま」（我回來了）。用在家人（或自己公司的人），回家時對家裡的人說的話。正確答案是３。

1 「我現在要回家」不是問候語。這句話用在，如果很晚了還在外逗留，結果被家人打電話來指責「怎麼這麼晚還不回家」，這時候就用這句話來回答。

2 這是現在要出門時的問候語。

攻略的要點

答案：**1**

» 三個選項的前面「すみませんが、その赤いさいふ」（不好意思，那個紅色的錢包）都一樣，問題在後面的動詞。就購物習慣而言，買東西前當然會先看個清楚，「見せてください」（請讓我看看）符合題意。「見せて」（讓…看一下）是「見せる」的て型，句型「てください」（請…）。正確答案是選項１。

2 這句是詢問對方是否要購買，由顧客提出這樣問題，顯得不合常理。另外，店員徵詢顧客的意願時，常說的有「その赤いさいふはいかがですか（那個紅色的錢包如何呢）」。

3 同樣地，商店本來就是要賣東西的，顧客提出「那個紅色的錢包要賣嗎」，也顯得不合常理。

攻略的要點

答案：**3**

» 看到前面有人掉了車票，把對方叫住，告訴對方「切符を落としましたよ」（車票掉了喔）。「落とす」是無意中丟掉、丟失了，多用在丟掉了一般的東西，如車票、雨傘、錢包等。正確答案是選項３。

1 「だめじゃないですか」（怎麼行…呢）含有指責對方的語感。對陌生人這樣說是很沒禮貌的，不正確。

2 「切符をなくしましたよ」（車票不見了喔），「落とす」（掉了）和「なくす」（弄丟了）不同。「なくす」是指東西從自己的領域丟掉了，通常當事人會先察覺到自己的東西弄丟了。因此，不管是遺失者或拾獲者都不可能這樣說的。

單字・慣用句・文法 **切符**（きっぷ）（票券） **なくす**（不見，弄丟）

171

答え
① ② ③

答え
① ② ③

答え
① ② ③

第 10 題

track 3-10

答え
① ② ③

第 11 題

track 3-11

答え
① ② ③

第 12 題

track 3-12

答え
① ② ③

学校から帰るとき、先生に会いました。何と言いますか。

F：1．さようなら。

2．じゃ、お元気で。

3．こんにちは。

譯▶ 從學校放學回家時遇到了老師。請問這時該說什麼呢？

F：1．再見。

2．那麼，請多保重。

3．午安。

お隣の家に行きます。入り口で何と言いますか。

F：1．おーい。

2．ごめんください。

3．入りましたよ。

譯▶ 去隔壁鄰居家。請問這時在大門處該說什麼呢？

F：1．喂！

2．有人在家嗎？

3．我進來了喔！

おじさんに、本を借りました。返すとき、何と言いますか。

M：1．ごちそうさまでした。

2．失礼しました。

3．ありがとうございました。

譯▶ 向叔叔借了書。請問歸還的時候該說什麼呢？

M：1．我吃飽了。

2．先失陪了。

3．謝謝您。

攻略的要點

答案：1

» 道別的說法，如果是向老師等長輩或比較正式的場合，可以說「さようなら」
（再見）。和平輩或朋友也可以說「さようなら」，不過比較常用的是語氣相對
輕鬆的「バイバイ」（bye-bye）、「じゃ、またね」（那，再見囉）、「じゃね」（掰
囉）。正確答案是1。

2　「じゃ、お元気で」（那麼，多保重），也是道別的說法。但這是向要去遠
行或回遠方，接下來有一段時間見不到面的人說的，譬如去旅行，或是要
回國的人。

3　這是用在中午到日落之間的問候語。除了「午安」的意思之外，也是日本
人一般常用的問好、打招呼的問候語喔。

單字・慣用句・文法　さようなら（再見）　　お元気で（保重）

攻略的要點

答案：2

»「ごめんください」是拜訪的時候，客人在門口的寒暄用語，意思是「有人嗎？
打擾了」。這個詞除了含有確認「有人嗎？」之外，也表示因為自己的造訪，
給主人帶來的麻煩表示歉意，請求諒解之意。正確答案是2。

1　「おーい」（喂）這是用在叫喚遠處的人的呼喚聲。

3　這句話單獨使用時語意不明。而且沒有這樣的習慣用法。

單字・慣用句・文法　おーい（喂～〔呼喚遠方的人〕）　　ごめんください（有人在嗎）

攻略的要點

答案：3

» 原則上，如果是對剛剛做完的，或是即將做的事表示感謝，就用「ありがとう
ございます」，如果是對已經完成的事表示感謝，就用「ありがとうございま
した」。因此，在借書的當下應該說「ありがとうございます」，而在歸還的時
候就說「ありがとうございました」。正確答案是3。

1　這是用餐結束時的致意語。如果是在作客的情況下，客人說「ごちそうさ
までした」（多謝款待），主人習慣致意說「お粗末さまでした」（粗茶淡飯，
招待不周）。

2　「失礼しました」（抱歉；失陪了）。表示「道歉」跟「失陪了」的意思，
沒有感謝的意思。不正確。

單字・慣用句・文法　おじさん（叔叔；伯伯）　　失礼しました（對不起；先失陪了）

八百屋でトマトを買います。お店の人に何と言いますか。

F：1．トマトをください。

2．トマト、いりますか。

3．トマトを買いました。

譯 要在蔬果店買蕃茄。請問這時該向店員說什麼呢？

F：1.請給我蕃茄。

2.你要蕃茄嗎？

3.我買了蕃茄。

第 11 題 track 3-11

友だちが新しい服を着ています。何と言いますか。

F：1．ありがとう。

2．きれいなスカートですね。

3．どういたしまして。

譯 朋友穿了新衣服來。請問這時該說什麼呢？

F：1.謝謝。

2.這裙子好漂亮喔！

3.不客氣。

第 12 題 track 3-12

店に人が入ってきました。店の人は何と言いますか。

F：1．ありがとうございました。

2．また、どうぞ。

3．いらっしゃいませ。

譯 有人進到店內了。請問這時店員會說什麼呢？

F：1.謝謝您。

2.歡迎再度光臨。

3.歡迎光臨。

攻略的要點

» 「ください」（給我）在這裡是跟對方表示想要（買）某某東西的意思，因此，正確答案是1。

　2　「いります」（需要）這句話是問蔬果店的店員要不要蕃茄。不正確。

　3　這句話表示已經買蕃茄了。不正確。

單字・慣用句・文法　八百屋（蔬果店）

攻略的要點

» 選項當中比較恰當的答案，只有稱讚服裝好看的2。「きれいなスカート」（漂亮的裙子）中的「きれいだ」（漂亮的），後面接名詞時中間要接「な」。正確答案是2。

　1　這句話是用來致謝的。「ありがとう」比「ありがとうございます」說法簡短、輕鬆，用在對朋友或晚輩的時候。不正確。

　3　「どういたしまして」（不客氣）。對方跟您致謝，就用這句話是來回答致意。「どういたしまして」含有我並沒有做什麼，所以不用介意的意思。不正確。

單字・慣用句・文法　スカート（裙子）

攻略的要點

» 到日本的商店或餐廳時，店員會以「いらっしゃいませ」這句話來歡迎顧客光臨。正確答案是3。「いらっしゃいませ」也用在，客人來訪時，表示歡迎的說法。

　1　這句話可以用在結帳後把收據遞給顧客，或是顧客離開時的店員說的致謝詞。

　2　「また、どうぞ」（歡迎再度光臨）。這句話一樣是顧客離開時，店員說的致意詞。是「またどうぞ来てください（歡迎再度光臨）」的省略說法。

單字・慣用句・文法　いらっしゃいませ（歡迎光臨）

第 13 題

答え
① ② ③

第 14 題

track **3-14**

答え
① ② ③

第 15 題

track **3-15**

答え
① ② ③

第 16 題
track **3-16**

答え
① ② ③

第 17 題
track **3-17**

答え
① ② ③

第 18 題
track **3-18**

答え
① ② ③

第13題

知らない人に水をかけました。何と言いますか。

F：1．すみません。

　　2．こまります。

　　3．どうしましたか。

譯▶噴水噴到陌生人了。請問這時該說什麼呢？
　　F：1.對不起。
　　　　2.真傷腦筋。
　　　　3.怎麼了嗎？

第14題

会社で、知らない人にはじめて会います。何と言いますか。

M：1．ありがとうございます。

　　2．はじめまして。

　　3．失礼しました。

譯▶在公司和陌生人初次見面。請問這時該說什麼呢？
　　M：1.謝謝您。
　　　　2.幸會。
　　　　3.抱歉。

第15題

学校から家に帰ります。友だちに何と言いますか。

M：1．じゃ、また明日。

　　2．ごめんなさいね。

　　3．こちらこそ。

譯▶從學校要回家了。請問這時該向同學說什麼呢？
　　M：1.那，明天見！
　　　　2.對不起喔！
　　　　3.我才該向你謝謝！

攻略的要點

答案：1

» 「すみません」（抱歉），表示做錯某事，內心非常不安，抱歉的心情無法用言語表現之意。噴水噴到陌生人了，一定要道歉才行，因此只有選項1符合。

2 「こまります」（真傷腦筋）。這句話應該是感到困擾的人說的話。也用在遇到困難想不出辦法、能力等不足感到困窘的時候。

3 「どうしましたか」（怎麼了嗎）。這是詢問狀況的提問。用在當對方看起來有異狀而提出的時候。其他也用在醫生問病人，大人問哭泣的小孩等等。

單字・慣用句・文法 | 水 (水)　かける (噴到〔水〕；懸掛)

攻略的要點

答案：2

» 「はじめまして」（初次見面，請多指教）。是第一次見面的問候語。比較正式的說法是「はじめまして。○○と申します。よろしくお願いします」（幸會，敝姓○○，請多指教），也是常用基本句型。這句話含有是初次見面，言行如有不當，還請原諒。也懇請在不為難的情況下，多關照、指導一下之意。正確答案是2。

1 這句話是道謝的說法。

3 「失礼しました」（抱歉）。這是致歉詞。跟用在離開時道別的「失礼します」（失陪了），比起來「失礼しました」用在表示道歉的時候比較多。另外，要打擾對方的時候，也要先致意一下說「失礼します」（打擾了）。

單字・慣用句・文法 | 初めて (第一次)　はじめまして (幸會)

攻略的要點

答案：1

» 「じゃ、また明日」（那，明天見）。跟明天還會再見面的朋友道別時，最常用這句話。也可以簡單的說「じゃ、またね」（明天見）、「じゃね」（再見），也很常用「バイバイ」（bye-bye）。正確答案是1。

2 「ごめんなさいね」（對不起喔）。是致歉用語。這是用在覺得自己有錯，請求對方原諒，而且談話雙方關係比較親密的時候。也可以更簡短的說「ごめんね」（對不起喔）。

3 「こちらこそ」（不客氣）。「こちら」在這裡指說話人自己，「こそ」（才是）有強調的意思。當別人向你道謝時，回答「哪裡，哪裡」或「不客氣」就用這句話。意思是「我才應該謝謝你」，即使事實上沒有該道謝的也可以這樣說。「こちらこそ」也用在道歉的時候。表示我也有錯「我才應該跟你道歉」的意思。

單字・慣用句・文法 | ごめんなさい (對不起)　こちらこそ (彼此彼此，我才該向你謝謝)

ねます。家族に何と言いますか。

F：1．こんばんは。

2．おねなさい。

3．おやすみなさい。

譯 準備要睡覺了。請問這時該向家人說什麼呢？

F：1.午安！

2.X

3.晚安！

友だちが「ありがとう。」と言いました。何と言いますか。

F：1．どういたしまして。

2．どうしまして。

3．どういたしましょう。

譯 朋友說了「謝謝」。請問這時該說什麼呢？

F：1.不客氣。

2.X

3.該怎麼做呢？

夜、道で人に会いました。何と言いますか。

M：1．こんばんは。

2．こんにちは。

3．失礼します。

譯 晚間在路上遇到人了。請問這時該說什麼呢？

M：1.晚上好。

2.午安。

3.打擾了。

攻略的要點　　　　　　　　　　　　　　　　　**答案：3**

» 睡前互道晚安時要說「おやすみなさい」(晚安)，也可以簡短的說「おやすみ」。正確答案是3。

1　「こんばんは」(晚安)。這是在晚上，遇到認識的人或陌生人說的問候語。含有平安的過了一天，今晚又是一個美好的夜晚之意。由於說法客氣，所以一般不用在朋友和親近的家人之間。不正確。

2　沒有這樣的說法。不正確。

單字・慣用句・文法　こんばんは (晚安〔晚上用〕)　　お休みなさい (晚安〔睡前、道別用〕)

攻略的要點　　　　　　　　　　　　　　　　　**答案：1**

» 聽到別人道謝時，最適合的回應就是選項1的「どういたしまして」(不客氣)了。正確答案是1。

2　沒有這樣的說法。不正確。

3　「どういたしましょう」(您覺得該怎麼做呢)。這是問對方有什麼想法的尊敬說法。發音跟「どういたしまして」很接近，要小心聽清楚喔！

單字・慣用句・文法　どういたしまして (不客氣)

攻略的要點　　　　　　　　　　　　　　　　　**答案：1**

» 「こんばんは」(晚安)。是在晚上遇到認識的人或陌生人說的問候語。因此，適合夜間的問候語只有選項1而已囉。

2　「こんにちは」(午安，你好)。這是用在中午至日落之間，遇到認識的人或陌生人說的問候語。說法客氣，一般不用在家人、朋友之間。

3　「失礼します」(打擾了)。用在要打擾對方，例如進入老師的辦公室時，先致意一下聲的寒暄語。另外，接到對方打電話，談話結束了，準備掛電話前，也可以跟對方說「失礼します」來代替「再見」。

答え
① ② ③

答え
① ② ③

答え
① ② ③

第 22 題

答え
① ② ③

第 23 題

答え
① ② ③

第 24 題

答え
① ② ③

ご飯が終わりました。何と言いますか。

M：1．ごちそうさま。

　　2．いただきます。

　　3．すみませんでした。

譯 吃完飯了。請問這時該說什麼呢？

　M：1. 吃飽了。

　　2. 開動了。

　　3. 對不起。

映画館でいすにすわります。隣の人に何と言いますか。

M：1．ここにすわっていいですか。

　　2．このいすはだれですか。

　　3．ここにすわりましたよ。

譯 想要在電影院裡坐下。請問這時該向鄰座的人說什麼
　呢？

　M：1. 請問我可以坐在這裡嗎？

　　2. 請問這張椅子是誰呢？

　　3. 我要坐在這裡了喔！

友だちと映画に行きたいです。何と言いますか。

M：1．映画を見ましょうか。

　　2．映画を見ますね。

　　3．映画を見に行きませんか。

譯 你想要和朋友去看電影。請問這時該說什麼呢？

　M：1. 我們來看電影吧！

　　2. 要去看電影囉！

　　3. 要不要去看電影呢？

攻略的要點

» 「ごちそうさまでした」（我吃飽了，多謝款待）。這是用餐結束時的致意語。這個詞漢字寫「ご馳走様でした」，由於以前準備一頓飯，可是要騎著馬四處奔走收集的，於是客人把這奔波感激之情，融入了這句「多謝款待」裡。正確答案是1。

  2　「いただきます」（我開動了）。是即將要開動用餐時的致意語。

  3　「すみませんでした」（抱歉）。做錯某事，例如不小心碰到別人、給對方添麻煩等，表示歉意的說法。跟請求對方原諒的「ごめんなさい」（對不起）比起來，「すみませんでした」比較著重在承認自己做錯事，內疚的心情。

攻略的要點

» 在不是對號入座的電影院，問對方旁邊的空位有沒有人坐的時候，就用選項1。也可以說「ここ、あいてますか」（請問這裡沒人坐嗎）。回答可以說「はい、どうぞ」（是的，請坐）或「すみません、連れが来るんです」（不好意思，等下還有人會過來）。正確答案是1。電影院多數是對號入座的，但近來也有一些是非對號入座的。

  2　「いす」不是人類，不能用「だれ」來詢問。因此，這句話不僅文法錯誤，也不適用在這個場景。

  3　這句話的文法雖然沒有錯誤，但語意不對。

單字・慣用句・文法　映画館（電影院）

攻略的要點

» 選項1、2、3的前半段都一樣有「映画を見」（看電影），但是選項3的「に行きませんか」（要不要去…呢）是委婉邀約的說法，含有提出邀請，而要不要接受，決定權在對方，說法最恰當。正確答案是3。

  1　「ましょうか」（來…吧）。用在事先已經約好，而且確定對方會同意自己的提議時。例如已經跟朋友約好，到家裡「先吃飯，然後再看影片」，而現在剛吃完飯，就可以說「さて、映画を見ましょうか」（那麼，我們來看影片吧）。

  2　「ね」是用在略微強調自己的意見，或叮嚀對方的時候。也表示感到驚訝的心情，例如「1か月に20本？本当によく映画を見ますね」（一個月看二十部？你還真常看電影呀）等。

單字・慣用句・文法　映画（電影）

向こうにある荷物がほしいです。何と言いますか。

F：1．すみませんが、あの荷物を取ってください
　　　ませんか。

　　2．おつかれさまですが、あれを取りませんか。

　　3．大丈夫ですが、あれを取ってください。

譯 想要請人家幫忙拿擺在那邊的東西。請問這時該說什麼呢？

　　F：1.不好意思，可以幫我拿那件行李嗎？
　　　　2.辛苦了，但是您不拿那個嗎？
　　　　3.我沒事，可是請幫忙拿那個。

先生の部屋から出ます。何と言いますか。

M：1．おはようございます。

　　2．失礼しました。

　　3．おやすみなさい。

譯 準備要離開老師的辦公室。請問這時該說什麼呢？

　　M：1.早安。
　　　　2.報告完畢。
　　　　3.晚安。

会社に遅れました。会社の人に何と言いますか。

M：1．僕も忙しいのです。

　　2．遅れたかなあ。

　　3．遅れて、すみません。

譯 上班遲到了。請問這時該跟公司的人說什麼呢？

　　M：1.我也很忙。
　　　　2.是不是遲到了呢？
　　　　3.我遲到了，對不起。

攻略的要點　　　　　　　　　　　　　　　　　　　　　　　　　答案：**1**

»「すみませんが」表示自己將給對方添麻煩或增加負擔，所以日本人習慣在請求對做某事之前，用「すみませんが」作開場白，如果後面再接「動詞てください ませんか」，就顯得更有禮貌了。正確答案是1。

　　2　「取りませんか」（不拿那個嗎）。沒有請求的意思。「ませんか」（要不要…呢）是委婉邀請對方的說法。

　　3　「あれを取ってください」（請幫忙拿那個）。在這裡也是可以這樣用的，只是前面的「大丈夫ですが」（我沒事）語意不明，在這種情況下是無法使用的。「大丈夫」用在，例如有人跌倒了，問的人說「大丈夫ですか」（不要緊嗎？），表示關心對方是否有問題的關懷語。被問的人回答說「大丈夫です」（沒事），表示自己沒事。

單字・慣用句・文法　向こう（那邊；對面）

攻略的要點　　　　　　　　　　　　　　　　　　　　　　　　　答案：**2**

»從老師或上司的辦公室告退時，通常要說「失礼しました」或「失礼します（先告退了）」。在學校一般都用前一種說法。正確答案是2。另外，要打擾對方時，要先說一句「失礼します」（打擾了）。不能說「失礼しました」喔！

　　1　早上見面時的問候語。

　　3　睡前互道晚安的致意語。

攻略的要點　　　　　　　　　　　　　　　　　　　　　　　　　答案：**3**

»遲到了給對方添了許多麻煩，心裡不安感到抱歉時，說「すみません」（抱歉）。正確答案是3。「すみません」還有感謝的意思，例如別人讓座位給自己，就用這句話表達謝意。這時含有說話者覺得讓對方費心了，給對帶來負擔的意思。

　　1　「僕も忙しいのです」（我也很忙）。這個是找藉口的說法。這樣的回答方式，在日本的現實社會是不恰當的。

　　2　「遅れたかな」（是不是遲到了呢）。這是不確定自己是否已經遲到了的疑問句。身為上班族，應該要做好時間管理，因此這個回答也不恰當。

單字・慣用句・文法　遅れる（遲到）

track **3-25**

答え
① ② ③

track **3-26**

答え
① ② ③

track **3-27**

答え
① ② ③

第 28 題

track 3-28

答え
① ② ③

第 29 題

track 3-29

答え
① ② ③

第 30 題

track 3-30

答え
① ② ③

第 31 題

track 3-31

答え
① ② ③

ボールペンを忘れました。そばの人に何と言いますか。

F：1．ボールペンを貸してくださいませんか。

　　2．ボールペンを借りてくださいませんか。

　　3．ボールペンを貸しましょうか。

譯 忘記帶原子筆了。請問這時該跟隔壁同學說什麼呢？

　　F：1.能不能向你借原子筆呢？

　　　　2.能不能來借原子筆呢？

　　　　3.借你原子筆吧？

メロンパンを買います。何と言いますか。

M：1．メロンパンでもください。

　　2．メロンパンをください。

　　3．メロンパンはおいしいですね。

譯 要買菠蘿麵包。請問這時該說什麼呢？

　　M：1.請隨便給我一塊菠蘿麵包之類的。

　　　　2.請給我菠蘿麵包。

　　　　3.菠蘿麵包真好吃對吧？

人の話がよくわかりませんでした。何と言いますか。

F：1．もう一度話してください。

　　2．もしもし。

　　3．よくわかりました。

譯 聽不太清楚對方的話。這時該說什麼呢？

　　F：1.請再說一次。

　　　　2.喂？

　　　　3.我完全明白了。

攻略的要點

答案：**1**

» 請求對方說「麻煩借給我」的只有選項1而已。「動詞てくださいませんか」（麻煩給我…）這是用在有禮貌的請求對方做對自己有益的事情之時。回答時，可以說「はい」（好的）或「はい、いいですよ」（好的，沒問題）。正確答案是1。

2　這句話的意思變成借出去的是我，而借用的是對方。「借りる」是我借（入），對方的東西借給自己；「貸す」是我借（出），把自己的東西借給對方。例如：「ペンを借ります」（我借入一支筆）；「ペンを貸す」（我借出一支筆）。

3　這句話同樣是建議由我借出去給對方的意思。

攻略的要點

答案：**2**

» 選項2的「ください」（給我）是直接跟店員表示想要（買）菠蘿麵包的意思。正確答案是2。

1　「でも」用於舉例，含有除了菠蘿麵包之外的麵包也可以的意思。「でも」也有對前接的名詞，給予不高的評價之意。因此，這句話也可以解釋成，原本想買其他種類的麵包，但今天已經賣完了，不得已只好買別的來代替。不正確。

3　這是敘述菠蘿麵包的味道，並沒有說出現在想要買什麼東西。不正確。

攻略的要點

答案：**1**

» 沒有聽清楚對方說的話時，就說「もう一度話してください」（請再說一次）。「もう」（再，另外）。「一度」（一次），選項1最恰當。

2　「もしもし」用在打電話的時候，相當於我們的「喂」。「もしもし」來自「申し上げます」這個字的「申し」，當初電話還是由接線生轉接的時候，表示跟接電話的人說「申し上げます」（向您報備一下）的意思。「もしもし」也用在呼喚不認識的人，引起對方的注意的時候。例如有人手帕掉了，就說「もしもし、ハンカチ落としましたよ」（喂，你的手帕掉了喔）。不正確。

3　「よくわかりました」（我完全明白了）。表示完全聽懂對方的意思了。這個回答跟問題相互矛盾。不正確。

おいしい料理を食べました。何と言いますか。

M：1．よくできましたね。

　　2．とてもおいしかったです。

　　3．ごちそうしました。

譯▶ 吃了很美味的飯菜。這時該說什麼呢？

　M：1. 做得真好啊！

　　　2. 非常好吃！

　　　3. 我請客了。

バスに乗ります。バスの会社の人に何と聞きますか。

M：1．このバスですか。

　　2．山下駅はどこですか。

　　3．このバスは、山下駅に行きますか。

譯▶ 準備要搭巴士。這時該向巴士公司的員工問什麼呢？

　M：1. 是這輛巴士嗎？

　　　2. 請問山下站在哪裡呢？

　　　3. 請問這輛巴士會經過山下站嗎？

攻略的要點

答案：**2**

» 用餐完畢了，順理成章的就是要回答「ごちそうさまでした」（多謝款待），但沒有這個選項。再看一下題目，剛才享用的是「美味の飯菜」，因此以敘述對料理的感想的選項2「とてもおいしかったです」（非常好吃）最恰當。當然「おいしかった」（好吃，謝謝）就含有「ごちそうさまでした」的對做料理的人、生產食物的人，還有對作為食物提供給我們的所有生命，表示感謝的意思。正確答案是2。

　　1　　是讚美對方的說法。例如在烹飪課，學生以很少的食材，在很短的時間做出美味的料理，老師就可以用「よくできましたね」，來讚美學生。不正確。

　　3　　「ごちそうしました」（我請客了）。注意喔這個選項不是「ごちそうさまでした」，千萬不要誤聽了。請別人吃飯，就說這句話。不正確。

攻略的要點

答案：**3**

» 搭巴士前想先問清楚的事有好幾種，但這裡只有選項3「請問這輛巴士會經過山下站嗎」明確地點到了想問的事，因此是正確答案。

　　1　　只有這句話，對方不知道你想問什麼。如果前面再補一句話，例如「山下駅行きは、このバスですか」（請問開往山下車站的是這輛巴士嗎），就說得通了。

　　2　　「山下車站在哪裡」，這句話和搭巴士沒有直接的關係。不正確。

客に肉の焼き方を聞きます。何と言いますか。

M：1．よく焼いたほうがおいしいですか。
　　2．焼き方はどれくらいがいいですか。
　　3．何の肉が好きですか。

譯▶顧客詢問烤肉的方式。這時該說什麼呢？

　　M：1．烤熟一點比較好吃嗎？
　　　　2．請問要烤到幾分熟比較好呢？
　　　　3．請問您喜歡吃哪種肉呢？

部屋にいる人たちがうるさいです。何と言いますか。

M：1．少し、静かにしてください。
　　2．少し、うるさくしてくださいませんか。
　　3．少し手伝ってください。

譯▶現在在房間裡的人們非常吵。這時該說什麼呢？

　　M：1．請稍微安靜一點。
　　　　2．能不能請你們稍微吵一點呢？
　　　　3．請幫我一下。

攻略的要點

» 詢問客人肉要烤幾分熟，選項2「請問要烤到幾分熟比較好」最適當。「焼き方」中，「動詞ます形＋方」表示前接動詞的方法，也就是燒烤的方法、燒烤的熟度。

  1   服務生應該不會詢問顧客這句話，如果是顧客問服務生就有可能了。

  3   這句話是服務生對還沒有決定餐點的顧客提供建議的，並沒問到肉的燒烤方法。不正確。

單字・慣用句・文法　焼く（燒，烤）

攻略的要點

» 「少し、静かにしてください」（請稍微安靜一點）。訓斥房間裡的其他人太吵了的，只有選項1而已。「てください」（請…）表示請求、指示或命令某人做某事。一般常用在老師跟學生、上司對部屬、醫生對病人等指示、命令的時候。正確答案是1。

  2   「うるさい」（吵鬧）不單指音量大，還有嫌惡的語意。因此，不論現在吵或不吵，請對方再吵一點這句話本身就不合常理。不正確。「動詞てくださいませんか」（麻煩給我…）跟「…てください」一樣表示請求。但是說法更有禮貌，由於請求的內容給對方負擔較大，因此有婉轉地詢問對方是否願意的語氣。

  3   「うるさい」（吵鬧）和「手伝う」（幫忙）二者沒有關係。不正確。

單字・慣用句・文法　うるさい（吵的）　**手伝う**（幫忙）

● 問什麼 「What= 何(なん)・何(なに)」的句型

日文中的「何(なん)・何(なに)」，就類似於英文中 4W2H 的「What」，要看其前後的詞語回答相對應的事物。

名詞 + は何(なに)で + 動詞

Q：この椅子(いす)は何(なに)で作(つく)りましたか。

這張椅子是用什麼材料製成的呢？

A：木(き)で作(つく)りました。

是木頭。

好(す)きな + 名詞 + は何(なん)ですか

Q：好(す)きな色(いろ)は何(なん)ですか。

你喜歡什麼顏色？

A：赤(あか)が好(す)きです。

我喜歡紅色。

何(なに)で + 場所 + に行(い)きますか

Q：何(なに)で学校(がっこう)に行(い)きますか。

搭乘什麼交通工具去學校呢？

A：バスです／歩(ある)いて行(い)きます。

搭巴士／徒步前往。

● 問時間 「When= いつ」的句型

看到疑問詞「何」後面問的是時間，或是問句中出現疑問詞「いつ」時，就如同看到英文中 4W2H 的「When」一樣，回答時間就對了。

● 何時ですか

Q：今は何時ですか。　現在幾點？

A：12 時です／ 12 時半です／ちょっとわからないです。

12 點／ 12 點半／我也不太清楚。

補充

其他變化還有「何時ごろ」和「何曜日」等，只要掌握「何」後面問什麼，回答什麼的原則，就能破解這類型的考題。

● 何時までですか

Q：銀行は何時までですか。

銀行營業到幾點？

A：3 時までです／午後 3 時までです／ちょっとわからないです。

到 3 點／到下午 3 點／我也不太清楚。

補充

其他變化還有「いつまで」，問「いつ／什麼時候」的話不一定要回答明確的時間點，可能是「12 日まで」、「来週まで」之類的模糊時段。

注意題目也可能將「まで」說成「いつ終わりますか」。

● いつから〜ですか

Q：いつから日本にいるのですか。

你從什麼時候開始待在日本的呢？

A：11 歳の時からです／ 2 年前からです。

從 11 歳的時候開始／從 2 年前開始。

補充

另外相近的變化還有「何時に始まりますか／幾點開始呢」。

199

● 問地點 「Where= どこ」 的句型

聽到「どこ」時回答地點，答案就八九不離十了。

～はどこですか

Q：トイレはどこですか。

廁所在哪裡？

A：改札口の横です／出口の近くです／
奥にあります。

在閘門的旁邊／在出口附近／在最裡面。

～はどちらですか

Q：お国はどちらですか。

你的國家是？

A：アメリカです。

是美國。

補充

「どちら」是比「どこ」更有禮貌的說法，另外也可以用來指稱人物，需要根據前面的單字來判斷。

どこで ＋ 動詞た形 ＋ のですか

Q：どこで買ったのですか。

你在哪裡買的？

A：駅の近くです／大阪のお土産屋さんです。

在車站附近／在大阪的土產店。

● 問地點 「Who= だれ」的的句型

聽到「だれ」時回答人物，答案就八九不離十了。但也有回答「是」或「不是」的形式。

● 名詞 + はだれのですか

Q：この携帯^{けいたい}はだれのですか。　　A：林^{りん}さんのです。

　　這支手機是誰的？　　　　　　　　　　林同學的。

● 失礼^{しつれい}ですが、姓名 + ですか

Q：失礼^{しつれい}ですが、山田^{やまだ}さんですか。

　　請問，你是山田先生嗎？

A：はい、そうです／いいえ、違^{ちが}います。

　　是的／不是。

● 〜はどの方^{かた}（どの人^{ひと}）ですか

Q：井上^{いのうえ}さんはどの人^{ひと}ですか。

　　井上小姐是哪一位呢？

A：ワンピースを着^きている人^{ひと}です／左^{ひだり}から三番目^{さんばんめ}の女^{おんな}の人^{ひと}です／一番背^{いちばんせ}が高^{たか}い人^{ひと}です。

　　穿著連身裙的人／左邊數來第3位女士／身高最高的人。

補充

詢問是哪一位時，通常會描述外型、穿著和位置等資訊來形容被提及的對象。

● 問程度 「how= どのぐらい」的句型

這類問題包含問數量多少？次數多少？程度是如何等等。

何（なん）＋ 量詞

Q：今（いま）教室（きょうしつ）に何人（なんにん）いますか。

現在教室裡有幾個人呢？

A：10人（にん）です／誰（だれ）もいません。

10 個人／誰也不在。

補充

另外相近的變化還有「何（なん）回（かい）／幾次」、「何（なん）枚（まい）／幾張」等等，注意有時候不一定會回答具體的數字，不可只聽到數字就貿然作答。

名詞 ＋ はいくらですか

Q：このリンゴはいくらですか。

這蘋果怎麼賣？

A：150円（えん）です／三（みっ）つで500円（えん）です。

150 圓／3 個 500 圓。

〜はいくつ（何歳（なんさい））ですか

Q：今年（ことし）いくつ（何歳（なんさい））ですか。

今年幾歲呢？

A：18歳（さい）です／今年（ことし）18歳（さい）です。

18 歲／今年 18 歲。

どのぐらい～ですか（問數量）

Q：どのぐらいの重さですか。

大概有多重呢？

A：26 キロぐらいです／ 200 グラムぐらいです。

大概 26 公斤／大概 200 公克。

補充

相近的用法還有「どれぐらい～ですか」，只是「どのぐらい」通常用來問數量，而「どれぐらい」則用來問程度。例如：「どれぐらい遅れますか／大概會延遲多久？」。

● 問抽象問題的句型

有些問題並沒有標準或較為固定的回答，問的是對方對某事物的看法，或對方腦中對某人事物的認知。

● ～はどうでしたか

Q：旅行はどうでしたか。

你的旅行怎麼樣呢？

A：楽しかったです。　很開心。

補充

由於問的是過去的事，回答通常為形容詞過去式。

● ～ですね

Q：やあ、暑いですね。

啊，好熱啊。

A：ほんとうに。　真的。

補充

在公司遇到同事或住家附近遇到熟人的寒暄。針對天氣，對方表達自己的感覺，如果也有同樣的感覺時，就這樣回答。

～ですね

Q：おいしいですね。

　　好好吃喔。

A：ええ、ほんとうに。

　　對啊，真的。

補充

針對食物，對方表達自己的感覺，如果也有同樣的感覺時，就這樣回答。

どんな～ですか／どんな～ていますか

Q：彼はどんな人ですか／どんな仕事をしていますか。

　　他是個什麼樣的人呢／正在從事什麼樣的工作呢？

A：優しい人です／IT関係の仕事です。

　　溫柔的人／從事 IT 的相關產業。

どうしましたか／どうしたの

Q：どうしましたか／どうしたの。

　　你怎麼了？

A：ちょっと頭が痛いんです。

　　我有些頭疼。

補充

這個問句通常是看到對方的身體狀態或態度異常時詢問的說法，回答應該是解釋自己目前的狀態。

どうかしましたか

Q： どうかしましたか。

你怎麼了？

A： ええ、私の自転車が壊れてしまったんです／歯が痛いんです。

啊，我的腳踏車壞掉了／我牙疼。

補充

這個問句通常是問話人在沒辦法確定對方是否碰到了問題，或身體有異樣的情況下問的。但也可以用在知道對方碰到了問題的時候，這也是更委婉的問話方式。

● 被詢問需求的句型

被問到是否需要幫助，或是否需要某些物品時，回答通常不是要，就是不要。

● 食物飲品＋いかがですか

Q： コーヒーいかがですか。

要來杯咖啡嗎？

A： いただきます／はい、お願いします／いいえ、結構です。

那我就不客氣了／好，麻煩您了／不用了，謝謝。

Q： おかわり、いかがですか。

要再來一碗嗎？

A： ありがとうございます。いただきます／あ、お願いします／いいえ、結構です。

謝謝，麻煩了／啊，麻煩您了／不用了，謝謝。

205

Q：こちらは、いかがですか。

　　這一款（這一間），您覺得怎麼樣呢？

A：じゃ、これください／では、この部屋にします。

　　那麼，請給我這個／那麼，我要這一間房間。

動詞ましょうか（提議）

Q：手伝いましょうか。　　需要幫忙嗎？

A：お願いします／いいえ、大丈夫です。

　　麻煩您了／不用，沒關係。

名詞 ＋ が／は ＋ いりますか

Q：袋はいりますか。　　您要帶子嗎？

A：はい、お願いします／はい、いただきます／いいえ、
　　結構です／いいえ、大丈夫です。

　　好，麻煩您了／好，請給我袋子／不用了，謝謝／不用，沒關係。

AとBどちらがいいですか

Q：紅茶とコーヒーどちらがいいですか。　　紅茶跟咖啡你要哪一個？

A：紅茶がいいです／コーヒーをお願いします／どちらでも
　　いいです。　　我要紅茶／請給我咖啡／哪個都可以。

～ ＋ がいいです

Q： どれがいい。

哪一個好呢？

A： これがいい／大_{おお}きいのがいいわ。

這個好／大的比較好。

補充

有時題目不會出現前面的選項，而是突如其來的問「どれがいい（ですか）／哪一個好呢」，此時不必驚慌，回答的方式就是在「～がいい」前面加上自己想要的東西。

名詞 ＋ をください（回答）

Q： お飲_のみ物_{もの}は。

要喝什麼？

A： 紅茶_{こうちゃ}をください。

我要紅茶。

名詞 ＋ をお願_{ねが}いします（回答）

Q： ご注文_{ちゅうもん}は。

您要點什麼

A： 天_{てん}ぷらそばをお願_{ねが}いします。

我要天婦羅蕎麥麵。

補充

點餐、購物場景中，遇到「要點什麼、要買什麼」的問句，常用的回答就是在句型「～をください」跟「～をお願_{ねが}いします」前面加上自己要點、要買的東西。

請求或命令的句型

遇到他人請求或命令的題型，回答通常會是肯定的應允，是相對好把握的類型。

動詞て形 ＋ てください（命令）

Q：山本さんに電話をしてください。

請打電話給山本先生。

A：はい、わかりました。

好的，了解。

動詞て形 ＋ くださいませんか

Q：貸してくださいませんか／コピーしてくださいませんか。

可以借我嗎／可以幫我影印嗎？

A：はい、どうぞ／はい、いいですよ／はい、わかりました。

可以，請用／好的，可以喔／好，我知道了。

名詞 ＋ をお願いします

Q：紅茶をお願いします。　我要紅茶。

A：はい、少々お待ちください／はい、ただいま。

好的，請稍候／好的，馬上來。

補充

點餐、購物場景中，店員或服務人員遇到客人要點某餐點，一般會用以上的方式回答。

● 邀約句型

受到邀約時，除了答應邀約以外，日本人的回覆大多委婉而不直接，以下介紹幾個常見用法。

動詞 + ませんか

Q：飲みに行きませんか。　要不要一起喝一杯？

A：はい、行きたいです／はい、行きましょう／行きたいけど、ちょっと…。

好啊，我想去／好啊，走吧／我想去，但是…（婉拒）。

動詞 + ましょう

Q：一緒に音楽を聞きましょう。
一起聽音樂吧？

A：いいですね、聞きましょう／それはちょっと…。
好啊，來聽吧／可是，那個…（婉拒）。

～ + へどうぞ

Q：こちらへどうぞ。
這邊請。

A：失礼します。
打擾了。

補充

到他人家中拜訪，主人在玄關說「こちらへどうぞ」，就用「失礼します」來回應，表示我要進門了，造成您的麻煩、困擾，請見諒的意思。

～ + どうぞ

Q：これどうぞ。 請用這個。

A：あ、すみません。 啊，不好意思。

補充

在餐廳，有人看到你不小心把桌上的水弄到身上，而遞了手帕給你說「これどうぞ」，就這樣回答。

●「失礼します」的各種意思

「失礼します」的意思及用法會跟隨場合而有所不同，事先熟悉幾種情境，考試就不用擔心了。

在職場上，進入他人的房間時

Q：失礼します。 打擾了。

A：あ、どうぞ。 啊，請進。

拜訪他人，進入他人的屋子時

Q：いらっしゃい。どうぞお上がりください。
歡迎你來，裡面請。

A：失礼します。 打擾了。

拜訪他人，要離開時

Q：あ、もう遅いですから、そろそろ
失礼します。

哎呀，已經這麼晚了。我差不多該告辭了。

A：あ、そうですか。　啊，這樣啊。

補充

有時題目會突如其來的問
「失礼します／打擾了」，
此時不必驚慌，回答的方
式有以上的幾種。

● 其他句型

もう＋動詞＋ましたか

Q：もうお風呂に入りましたか。

你已經洗好澡了嗎？

A：はい、入りました／いいえ、まだです／今から入ってき
ます。

對，洗好了／不，還沒洗／我現在就去洗。

即時応答

共 37 題

錯題數：＿＿＿＿＿＿＿＿

もんだい4は、えなどが ありません。ぶんを きいて、1から3の なかから、いちばん いい ものを ひとつ えらんで ください。

第1題

track 4-1

— メモ —

答え
① ② ③

第2題

track 4-2

— メモ —

答え
① ② ③

第3題

track 4-3

— メモ —

答え
① ② ③

第 4 題　track **4-4** ◯

― メモ ―

答え
① ② ③

第 5 題　track **4-5** ◯

― メモ ―

答え
① ② ③

第 6 題　track **4-6** ◯

― メモ ―

答え
① ② ③

第１題
track 4-1

メモ

F：お国はどちらですか。

M：1．ベトナムです。
　　2．東からです。
　　3．日本にやって来ました。

譯 F：請問您是從哪個國家來的呢？
　 M：1.越南。
　　　2.從東方來的。
　　　3.來到了日本。

第２題
track 4-2

メモ

F：今日は何曜日ですか。

M：1．15日です。
　　2．火曜日です。
　　3．午後２時です。

譯 F：請問今天是星期幾呢？
　 M：1.十五號。
　　　2.星期二。
　　　3.下午兩點。

第３題
track 4-3

メモ

M：これはだれの傘ですか。

F：1．私にです。
　　2．秋田さんのです。
　　3．だれのです。

譯 M：請問這是誰的傘呢？
　 F：1.是給我的。
　　　2.是秋田小姐的。
　　　3.是誰的。

攻略的要點

» 「お国」的接頭語「お」是表示尊敬的敬語，因此，「お国」指的是對方的「母國」。所以這一題問的是對方來自什麼國家，回答這個問題，應該以選項1的國名「ベトナム」（越南）最為恰當。

2　不正確。「東からです」（從東方來的）。這句話的問話，如果是「太陽はどちらから昇りますか（太陽是從哪一邊升起的呢）」，就可以這樣回答。

3　不正確。「やって来る」和「来る」的意思大致相同。也就是說，說話者說出這句話的時候，本人已經來到日本了。這一題問的是「你來自哪個國家」，可是這個「你」卻回答自己來到哪個國家，當然是答非所問了。

單字・慣用句・文法　お国（貴國）　東（東邊，東方）

攻略的要點

» 「何曜日」（星期幾）。問的是星期幾，正確答案只有選項2的「火曜日」（星期二）了。

1　這是針對問日期的回答。問話應該是「今日は何日ですか」（今天幾號？）。

3　這是針對問時刻的回答。問話應該是「今何時ですか」（現在幾點？）。

單字・慣用句・文法　何曜日（星期幾）

攻略的要點

» 問話是「請問這是誰的雨傘？」，其中的「だれの」是「誰的？」的意思。選項2的「秋田さんのです」（是秋田小姐的），「の」（的）後面省略了「傘」，也就是「秋田さんの傘です」。「の」後面可以省略前面已經提過的名詞。正確答案是2。

1　由於問的是「だれの」（誰的？），所以回答「私に」（給我），就答非所問了。這裡的「に」（給…）表示動作、作用的對象。例如「友達に電話をしました」（打電話給朋友）。

3　如果要以疑問句來回答問題，應該說「だれのでしょうね」（到底是誰的呢）或「だれのか分かりません」（不曉得是誰的）等。但說「だれのです」（是誰的），語意不通。

單字・慣用句・文法　名詞＋の（…的）

track 4-4

メモ

F：きょうだいは何人ですか。

M：1．両親と兄です。

　　2．弟はいません。

　　3．私を入れて4人です。

譯 F：請問你有幾個兄弟姊妹呢？

　　M：1.父母和哥哥。

　　　　2.沒有弟弟。

　　　　3.包括我在內總共四個人。

---

track 4-5

メモ

M：あなたの好きな食べ物は何ですか。

F：1．おすしです。

　　2．トマトジュースです。

　　3．イタリアです。

譯 M：請問你喜歡的食物是什麼呢？

　　F：1.壽司。

　　　　2.蕃茄汁。

　　　　3.義大利。

---

track 4-6

メモ

M：あなたは、何で学校に行きますか。

F：1．とても遠いです。

　　2．地下鉄です。

　　3．友だちといっしょに行きます。

譯 M：請問你是用什麼交通方式到學校的呢？

　　F：1.非常遠。

　　　　2.地下鐵。

　　　　3.和朋友一起去。

攻略的要點

答案：**3**

» 被問到「你有幾個兄弟姊妹？」，以回答人數的選項3「包括我在內總共四個人」為正確答案。回答方式還有不直接回答總人數，而是具體描述說「姉が一人と弟が一人です」（我有一個姊姊和一個弟弟）。

1　這是回答「家庭成員」的說法。

2　這句話的重點在「弟」（弟弟）身上，因此與提問不符。

攻略的要點

答案：**1**

» 被問到「你喜歡的食物是什麼？」，以回答「食べ物」（食物）的選項1「おすしです」（壽司）為正確答案。「おすし」的接頭語「お」是美化語，使用美化語會讓自己說的話更顯高雅。

2　如果問話是「あなたの好きな飲み物は何ですか」（你喜歡的飲料是什麼？），這個回答就正確了。但問話要問的是「食べ物」（食物）。所以不正確。

3　這是回答「哪個國家」的說法。「イタリア」是「義大利」。

攻略的要點

答案：**2**

» 這個問句的重點在「何で（なにで）」（搭乘什麼），「何」（什麼），「で」（用…）在這裡表示使用的交通工具。所以，選項2回答交通工具的「地下鉄です」（地下鐵）才是正確答案。除了「なにで」之外，還可以用「何で（なんで）」（搭乘什麼）的說法，但是「なんで」有「為什麼」的意思，這很可能會讓對方誤以為問的是「理由」，此外「なにで」的語感也比較正式。

1　這是回答「距離」的說法。但對方問的不是距離。

3　這是回答「だれといっしょに行きますか」（跟誰一起去）的說法。「といっしょに」（跟…一起）表示一起去做某事的對象。但這裡對方問的不是「誰と」（跟誰去）。

― メ モ ―

答え
① ② ③

― メ モ ―

答え
① ② ③

― メ モ ―

答え
① ② ③

第 10 題

track **4-10** 🔘

— メモ —

答え
①②③

第 11 題

track **4-11** 🔘

— メモ —

答え
①②③

第 12 題

track **4-12** 🔘

— メモ —

答え
①②③

メモ

F：図書館は何時までですか。
M：1．午前9時からです。
　　2．月曜日は休みです。
　　3．午後6時までです。

譯▶ F：請問圖書館開到幾點呢？
　　M：1. 從早上九點開始。
　　　　2. 星期一休館。
　　　　3. 開到下午六點。

メモ

F：今、何時ですか。
M：1．3月3日です。
　　2．12時半です。
　　3．5分間です。

譯▶ F：現在是幾點呢？
　　M：1. 三月三號。
　　　　2. 十二點半。
　　　　3. 五分鐘。

メモ

M：今日の夕飯は何ですか。
F：1．7時にはできますよ。
　　2．カレーライスです。
　　3．レストランには行きません。

譯▶ M：今天晚飯要吃什麼呢？
　　F：1. 七點前就會做好了喔！
　　　　2. 咖哩飯。
　　　　3. 不會去餐廳。

攻略的要點

答案：**3**

» 這一題的關鍵在「何時まで」（開到幾點），以選項3的「午後6時までです」（開到下午六點）為正確答案。〔時間〕＋から、〔時間〕＋まで，表示時間的起點和終點。表示時間的範圍。「から」前面的名詞是開始的時間，「まで」前面的名詞是結束的時間。可譯作「從…到…」。

　1　這是回答「何時から」（幾點開放）的說法。

　2　這是回答休館日的說法。「休み」（休息）有公司、機關休息不開放的意思，也有缺席、請假、睡覺的意思。

單字・慣用句・文法　休み（休息；休假）

攻略的要點

答案：**2**

» 這題問「現在是幾點呢？」，知道詢問的是時刻「何時」（幾點）。因此，只有回答時刻的選項2「12時半です」（是12點半）為正確答案。

　1　這是回答日期「何月何日」（幾月幾號）的說法。

　3　這是回答時間長度的說法。

單字・慣用句・文法　三日（三天）

攻略的要點

答案：**2**

» 這題問「今天晚飯要吃什麼呢？」，回答餐點名稱的只有選項2「カレーライスです」（咖哩飯）。正確答案是2。

　1　這是針對「夕飯は何時ですか」（幾點要吃晚餐呢），而回答的說法。

　3　提問中沒有提到餐廳。不正確。「レストラン」一般指洋式餐廳，有時也指中式餐廳。

もんだい

1

2

3

4

答案與解說

メモ

M：そのサングラス、どこで買ったんですか。

F：1．安かったです。

　　2．駅の前のめがね屋さんです。

　　3．先週の日曜日です。

譯 M：那支太陽眼鏡是在哪裡買的呢？
　　F：1.買得很便宜。
　　　　2.在車站前面的眼鏡行。
　　　　3.上星期天買的。

メモ

M：荷物が重いでしょう。私が持ちましょうか。

F：1．いえ、大丈夫です。

　　2．そうしましょう。

　　3．どういたしまして。

譯 M：東西很重吧？我來幫你提吧？
　　F：1.不用了，我沒問題的。
　　　　2.那就這樣吧。
　　　　3.不客氣。

メモ

F：今、どんな本を読んでいるのですか。

M：1．はい、そうです。

　　2．やさしい英語の本です。

　　3．図書館で借りました。

譯 F：你現在正在讀什麼書呢？
　　M：1.是的，沒錯。
　　　　2.簡易的英文書。
　　　　3.在圖書館借來的。

答案：2

» 這題關鍵在「どこで」（在哪裡），知道問的是場所，而回答地點的只有選項 2「駅の前の眼鏡屋さんです」（在車站前面的眼鏡行）。「屋」接在名詞下面，表示店、舖及其經營者。

　　1　對方沒有問到價錢。

　　3　對方沒有問是什麼時候購買的。

攻略的要點

答案：1

» 男士所說的「私が持ちましょうか」（我來幫你提吧？），其中，「動詞ましょうか」（我來幫你做…吧），雖然可以用在提議雙方一起做某件事，但這裡用的是「私が」（由我來做）的說法，男士意思是交由自己來提就好了。因此，只有選項 1 有禮貌的婉拒回應，才是恰當的答案。

　　2　「そう」在這裡指對方剛剛講過的「我來幫你提」這件事。但是，「動詞ましょう」是雙方一起做某件事，因此，跟這個回答產生矛盾。另外，「動詞ましょう」也用在委婉的命令，但沒有委託的意思。假如是希望由男士單獨提行李，可以說「すみませんが、お願いします」（不好意思，麻煩您了）。

　　3　這句話是用在對方跟您致謝時，致意回答表示「不客氣」的說法。

攻略的要點

答案：2

» 問句的關鍵在「どんな本」（什麼書），知道是詢問書籍的內容，因此最恰當的答案只有選項 2「やさしい英語の本です」（簡易的英文書）。

　　1　「はい、そうです」（是的，沒有錯），是用在一般疑問句的回答，跟對方表示「是的，沒有錯」。不能用在回答疑問詞開頭的疑問句上。不正確。

　　3　這裡問的是「どんな本を読んでいる」（閱讀什麼樣的書？）並沒有問到在哪裡租到這本書。不正確。

單字・慣用句・文法　やさしい（簡單的；溫柔的）　　英語（英語）

第 13 題

— メモ —

答え
① ② ③

第 14 題

— メモ —

答え
① ② ③

第 15 題

— メモ —

答え
① ② ③

第 16 題

track **4-16**

― メ モ ―

答え
①②③

第 17 題

track **4-17**

― メ モ ―

答え
①②③

第 18 題

track **4-18**

― メ モ ―

答え
①②③

メモ

F：えんぴつを貸^かしてくださいませんか。

M：1．はい、どうぞ。

2．ありがとうございます。

3．いいえ、いいです。

譯 F：可以借我鉛筆嗎？
M：1.來，請用。
2.謝謝妳。
3.不，不用了。

メモ

F：いつから歌^{うた}を習^{なら}っているのですか。

M：1．いつもです。

2．12年間^{ねんかん}です。

3．6歳^{さい}のときからです。

譯 F：請問您是從什麼時候開始上課唱歌的呢？
M：1.隨時。
2.這十二年來。
3.從六歲開始。

メモ

M：どこがいたいのですか。

F：1．はい、そうです。

2．足^{あし}です。

3．とてもいたいです。

譯 M：請問是哪裡痛呢？
F：1.對，是這樣的。
2.腳。
3.非常痛。

攻略的要點

答案：**1**

» 回答對方的請求「可以麻煩借我鉛筆嗎」，並答應的只有選項1「はい、どう ぞ」(來，請用)。「動詞てくださいませんか」(麻煩給我…) 用在請求對方幫 自己做某事。「借りる」是我借 (入)；「貸す」是我借 (出)。「はい、どうぞ」 用在把某樣東西遞給對方，邊遞出邊說的一句話。正確答案是1。

　2　這是用在感謝對方的好意及親切，不是回答請求的說法。

　3　這是拒絕提議的說法。「いいです」表示 (不用了) 這麼多我已經足夠了， 不需要更多的婉轉拒絕的意思。「いいです」(沒問題)，還有沒問題的， 沒關係的肯定答應的意思。看到前面否定的「いいえ」(不) 知道是拒絕了。

攻略的要點

答案：**3**

» 問句的關鍵在「いつから」(什麼時候開始)，以選項3「６歳のときからです」 (從六歲開始) 為正確答案。

»「いつ」表示不知道什麼時候的意思。

　1　這是回答頻率的說法。不正確。「いつも」表示同樣的狀態的一直持續著， 例如「いつも元気ですね」(總是很有精神)。同樣的事物頻繁地發生，例 如「朝ごはんはいつもパンです」(早餐都是吃麵包)。

　2　這是回答期間的說法。不正確。

單字・慣用句・文法　**いつ**（什麼時候）

攻略的要點

答案：**2**

»「どこがいたいのですか」(哪裡痛呢)，問的是疼痛的部位，當然是以回答身 體部位的選項2「足です」(腳) 為正確答案了。

　1　「はい、そうです」(是的，沒有錯)，不用在回答疑問詞開頭的疑問句上 (如這個問句，就是以疑問句開頭「どこ」)，而是用在一般疑問句的回答。 不正確。

　3　這是回答疼痛的程度的說法。但是問句並沒有問到「どのくらいいたいの ですか」(有多痛呢？)。不正確。

track **4-16** 🔘

メモ

M：この仕事はいつまでにやりましょうか。

F：1．夕方までです。

　　2．どうかやってください。

　　3．大丈夫ですよ。

譯　M：請問這項工作什麼時候以前要做完呢？
　　F：1.傍晚前做完。
　　　　2.請務必幫忙。
　　　　3.沒問題的呀！

---

track **4-17** 🔘

メモ

M：いっしょに旅行に行きませんか。

F：1．はい、行きません。

　　2．いいえ、行きます。

　　3．はい、行きたいです。

譯　M：要不要一起去旅行呢？
　　F：1.好，不去。
　　　　2.不，要去。
　　　　3.好，我想去。

---

track **4-18** 🔘

メモ

F：暗くなったので、電気をつけますね。

M：1．つけるでしょうか。

　　2．はい、つけてください。

　　3．いいえ、つけます。

譯　F：天色變暗了，我開燈囉。
　　M：1.要開燈嗎？
　　　　2.好，麻煩開燈。
　　　　3.不，要開燈。

攻略的要點

» 問句的關鍵在「いつまでに」（什麼時候以前），以回答期限的選項1「夕方までです」（傍晚以前）為最恰當的答案。

2 題目問的是期限，這裡回答的卻是請求對方幫忙，顯然答非所問。「どうか」（請務必）表示向對方強烈的請求。

3 如果對方詢問「この仕事を夕方までにやってほしいんですが。」（我希望你能在傍晚之前完成這項工作，可以嗎？）這時候就可以用「大丈夫ですよ」（沒問題的啊）來回答了。

攻略的要點

» 題目是男士邀約對方一起去旅行，因此以回答要去或不去的選項3「はい、いきたいです」（好，我想去）才是正確答案。「動詞ます形＋たい」（想要…）表示說話人內心希望某一行為能實現，或是強烈的願望。

1 「行きません」（不去）這樣的拒絕方式雖然過於直接，但還不算是錯誤。只是，前面先答應說「はい」，後面又說不去，顯然前後矛盾。

2 前面拒絕說「いいえ」（不）；後面又接了「行きます」（要去），顯然前後矛盾。

攻略的要點

» 問句「電気をつけますね」（我開燈囉），是提議的說法，「ね」有徵求對方同意的語氣。回答以表示請託、指令的句型「～てください」，來同意對方提議的選項2「はい、つけてください」（好，麻煩開燈）為正確答案。問句中的「ので」（因為…）表示客觀地敘述前後兩項事的因果關係，前句是原因，後句是因此而發生的事。

1 這個回答語意不明。

3 因為「いいえ」（不）表示否定對方的提議，接下來應該說「不必開燈沒關係」才合理。但後面接的卻是「つけます」（要開燈）不合邏輯。

單字・慣用句・文法 暗い（暗的）　　つける（開〔燈〕）

track **4-19**

― メモ ―

答え
① ② ③

track **4-20**

― メモ ―

答え
① ② ③

track **4-21**

― メモ ―

答え
① ② ③

第 22 題

track **4-22** ◯

― メモ ―

答え
① ② ③

第 23 題

track **4-23** ◯

― メモ ―

答え
① ② ③

第 24 題

track **4-24** ◯

― メモ ―

答え
① ② ③

track **4-19** ⭕

メモ

F：あなたは何人きょうだいですか。

M：1．3人です。

2．弟です。

3．5人家族です。

譯 F：你家總共有幾個兄弟姊妹呢？

M：1．三個。

2．是弟弟。

3．我家裡總共有五個人。

---

track **4-20** ⭕

メモ

F：コーヒーと紅茶とどちらがいいですか。

M：1．はい、そうしてください。

2．コーヒーをお願いします。

3．どちらもいいです。

譯 F：咖啡和紅茶，想喝哪一種呢？

M：1．好，麻煩你了。

2．麻煩給我咖啡。

3．×

---

track **4-21** ⭕

メモ

M：ここに名前を書いてくださいませんか。

F：1．はい、わかりました。

2．どうも、どうも。

3．はい、ありがとうございました。

譯 M：能不能麻煩您在這裡寫上名字呢？

F：1．好，我知道了。

2．你好、你好！

3．好的，感謝你！

攻略的要點

答案：**1**

» 問句要問的是「何人」（幾個人），「きょうだい」漢字寫「兄弟」（兄弟姊妹），也就是要問數量「你有幾個兄弟姊妹呢？」，回答以選項1「３人です」（三個）為最正確答案。

   2　這是用在回答「你家裡有哪些兄弟姊妹」的說法。如果這個選項改成正確的回答，就要說「僕と弟の二人兄弟です」（家裡只有我和弟弟兩兄弟）。

   3　這是回答家族成員的說法，也就是回答家裡共有多少人的說法。「家族」一般指「住在一起的家人」，通常包括祖父母、父母、配偶、兄弟姊妹、兒女、孫子等。因此不是正確答案。

攻略的要點

答案：**2**

» 問句中有表示二選一的「どちら」（哪一個），也就是要從前面的咖啡和紅茶中選出一個來。只有選項2回答了其中之一「コーヒーをお願いします」（麻煩給我咖啡）。正確答案是2。

   1　由於「どちら」表示從中選出其一，因此回答時，不能用「はい／いいえ」。

   3　「どちらも」（兩個都…）的意思是「コーヒーと紅茶の両方とも（咖啡和紅茶兩種）」，而「いいです」有兩個意思，一是「兩個都想要」，二是「兩個都不要」，但無論是哪一個，都不適合用在這裡的回答。如果要表示「哪一種都可以」，應該說「どちらでもいいです」，意思是「咖啡也可以，紅茶也可以，含有要哪一種就交給對方來決定了）。

攻略的要點

答案：**1**

» 看到請求對方幫自己做某事的「動詞てくださいませんか」（麻煩給我…），知道這裡要以答應對方請託的選項1「はい、わかりました」（好的，我知道了）最為恰當了。

   2　這個回答用在這裡不恰當。「どうも」通常是替代「ありがとう」（謝謝）或「こんにちは」（您好）的說法。

   3　這句話用在表示謝意。

メモ

M：どうしたのですか。
F：1．財布がないからです。
　　2．財布をなくしたのです。
　　3．財布がなくて困ります。

譯 M：怎麼了嗎？
　　F：1.因為錢包不見了。
　　　　2.我錢包不見了。
　　　　3.沒有錢包很困擾。

メモ

M：この車には何人乗りますか。
F：1．私の車です。
　　2．3人です。
　　3．先に乗ります。

譯 M：這輛車是幾人座的呢？
　　F：1.是我的車。
　　　　2.三個人。
　　　　3.我先上車了。

メモ

F：何時ごろ、出かけましょうか。
M：1．10時ごろにしましょう。
　　2．8時に出かけました。
　　3．お兄さんと出かけます。

譯 F：我們什麼時候要出發呢？
　　M：1.十點左右吧。
　　　　2.八點出門了。
　　　　3.要跟哥哥出門。

攻略的要點

答案：**2**

» 「どうしたのですか」（怎麼了嗎？）用在對方看起來有異狀，而關心的提出詢問。因為男士覺得女士看起來有點奇怪，問她發生什麼事了，因此以說明情況的選項 2「財布をなくしたのです」（我錢包不見了）為正確答案。

1　由於說明理由的「から」（因為），是用在被問到「なぜ」或「どうして」的時候，因此與問句不符。

3　「困る」是用在接受自己心意方式的問題，因此與問句不符。

攻略的要點

答案：**2**

» 問句要問的是「何人乗りますか」（幾人座的？），也就是車子可以搭載幾個人，因此以回答人數的選項 2「3 人です」（三個人）為正確答案。

1　問句不是問車子是誰的，由誰擁有的。

3　問句不是問搭車的順序。

單字・慣用句・文法 　車（車）

攻略的要點

答案：**1**

» 問句要問的是「何時ごろ」（幾點，什麼時候）。以建議「10 時ごろ」（10 點左右）的選項 1 為正確答案。

2　「ましょうか」是對未來的疑問，而這一句的「出かけました」是指過去的事。不正確。

3　問句沒有提到「だれと」（跟誰）。不正確。

第 25 題

track 4-25

— メ モ —

答え
① ② ③

第 26 題

track 4-26

— メ モ —

答え
① ② ③

第 27 題

track 4-27

— メ モ —

答え
① ② ③

第 28 題

track 4-28

— メモ —

答え
① ② ③

第 29 題

track 4-29

— メモ —

答え
① ② ③

第 30 題

track 4-30

— メモ —

答え
① ② ③

メモ

F：ここには、何回来ましたか。
M：1．10歳のときに来ました。
　　2．初めてです。
　　3．母と来ました。

譯 F：這裡你來過幾趟了？
　　M：1.十歲的時候來的。
　　　　2.第一次。
　　　　3.是和媽媽一起來的。

メモ

F：誕生日はいつですか。
M：1．8月3日です。
　　2．24歳です。
　　3．まだです。

譯 F：你生日是什麼時候呢？
　　M：1.八月三號。
　　　　2.二十四歲。
　　　　3.還沒有。

メモ

M：この花はいくらですか。
F：1．スイートピーです。
　　2．3本で400円です。
　　3．春の花です。

譯 M：這種花多少錢呢？
　　F：1.碗豆花。
　　　　2.三枝四百日圓。
　　　　3.春天的花。

攻略的要點

答案：**2**

» 這個問句的關鍵在「何回」（幾次），以回答次數的選項 2「初めてです」（第一次）
為正確答案。乍聽之下，回答的句子雖然沒有出現「～回」的形式，但「初め
て」是指以前未曾來過，這次是第一次的意思，也就等於回答了對方的提問了。

　1　問句不是問「いつ来ましたか」（什麼時候來的）。

　3　問句沒有提到「だれと」（跟誰）。不正確。

攻略的要點

答案：**1**

» 由於問的是「いつ」（什麼時候），因此以回答特定日期的選項 1「８月３日」
為正確答案。

　2　問句不是問年齡。

　3　「まだです」（還沒有）。如果是問「誕生日のプレゼントをもらいましたか」
（拿到生日禮物了嗎？），就可以用這句話回答。

攻略的要點

答案：**2**

» 由於問的是「いくら」（多少錢），因此以回答價格的選項 2「３本で 400 円で
す」（三枝四百日圓）為正確答案。

　1　問句沒有問到花的名稱或種類。

　3　問句沒有問到是哪一個季節的花。

メモ

M：きらいな食べ物はありますか。

F：1. 野菜がきらいです。

　　2. くだものがすきです。

　　3. スポーツがきらいです。

譯 M：你有討厭的食物嗎？
　　F：1. 我討厭蔬菜。
　　　　2. 我喜歡水果。
　　　　3. 我討厭運動。

メモ

F：この洋服、どうでしょう。

M：1. 5,800 円ぐらいでしょう。

　　2. 白いシャツです。

　　3. きれいですね。

譯 F：這件洋裝好看嗎？
　　M：1. 大概要五千八百日圓吧？
　　　　2. 白襯衫。
　　　　3. 好漂亮喔！

メモ

F：外国旅行は好きですか。

M：1. 好きな方です。

　　2. はい、行きました。

　　3. いいえ、ありません。

譯 F：你喜歡到國外旅行嗎？
　　M：1. 還算喜歡。
　　　　2. 是的，我去了。
　　　　3. 不，沒有。

攻略的要點

答案：1

» 針對「ありますか」的問句，回答一般是「はい、あります」（有）或「いいえ、ありません」（沒有）。但有時候會省略了是或不是，而直接具體說出。就像選項 1 省略了「はい、あります」，而直接具體說「野菜がきらいです」（我討厭蔬菜）這樣。正確答案是 1。

   2　這是回答喜歡吃的食物的說法。但這裡要問的是「きらいな食べ物」（討厭的食物）。不正確。

   3　問句要問的是「食べ物」（食物），不是運動。因此，回答「スポーツ」是答非所問囉。

單字・慣用句・文法　嫌い（討厭）　　野菜（蔬菜）

攻略的要點

答案：3

» 由於問句是「どうでしょう」（如何呢？），要問的是有什麼感覺或意見。雖然有各種回答方式，但這裡只有選項 3 說出感覺的「きれいですね」（好漂亮喔）符合文意。

   1　問句沒有提到價格。假如問的是「この洋服、いくらだと思いますか」（你猜這件洋裝多少錢呢？），那就可以這樣回答了。

   2　問句並不是問衣服的種類或顏色。

單字・慣用句・文法　洋服（西服，西裝）

攻略的要點

答案：1

» 由於問句要問的是「好きですか」（喜歡嗎？），所以回答就必須是喜歡或不喜歡了。選項 1 的「好きな方です」（還算喜歡），「方」（一方），意思是如果問我喜歡或不喜歡，我是偏向喜歡那一方啦，但又不能說是百分之百的喜歡。正確答案是 1。

   2　問句問的是「喜不喜歡」，而不是「去過了沒」。

   3　同樣的，問句問的不是「有沒有」。

第 31 題

track **4-31**

— メモ —

答え
① ② ③

第 32 題

track **4-32**

— メモ —

答え
① ② ③

第 33 題

track **4-33**

— メモ —

答え
① ② ③

第 34 題

track **4-34** ○

— メモ —

答え
① ② ③

第 35 題

track **4-35** ○

— メモ —

答え
① ② ③

第 36 題

track **4-36** ○

— メモ —

答え
① ② ③

第 37 題

track **4-37** ○

— メモ —

答え
① ② ③

メモ

F：あなたの国<ruby>国<rt>くに</rt></ruby>は、どんなところですか。

M：1．おいしいところです。

　　2．とてもかわいいです。

　　3．<ruby>海<rt>うみ</rt></ruby>がきれいなところです。

譯 F：你的國家是個什麼樣的地方呢？
　　M：1. 很好吃的地方。
　　　　2. 非常可愛。
　　　　3. 海岸風光很美的地方。

メモ

F：あなたは今<ruby>今<rt>いま</rt></ruby>いくつですか。

M：1．5<ruby>人家族<rt>にんかぞく</rt></ruby>です。

　　2．22<ruby>歳<rt>さい</rt></ruby>です。

　　3．<ruby>日本<rt>にほん</rt></ruby>に来<ruby>来<rt>き</rt></ruby>て8<ruby>年<rt>ねん</rt></ruby>です。

譯 F：你現在幾歲呢？
　　M：1. 全家共有五個人。
　　　　2. 二十二歲。
　　　　3. 來日本八年了。

メモ

M：どこで<ruby>写真<rt>しゃしん</rt></ruby>をとったのですか。

F：1．このレストランでとりたいです。

　　2．あのレストランです。

　　3．いいえ、とりません。

譯 M：請問這是在哪裡拍的照片呢？
　　F：1. 我想在這家餐廳拍照。
　　　　2. 在那家餐廳。
　　　　3. 不，我沒拍。

攻略的要點　　　　　　　　　　　　　　　　　　　　**答案：3**

» 這個問句的關鍵在「どんなところ」（什麼樣的地方），要問的是抽象的特徵。符合這一要求的是選項3「海がきれいなところです」(海岸風光很美的地方)。正確答案是3。

1　這句如果是回答「魚がおいしいところです」（是魚很好吃的地方），還算勉強可以。但是，這個回答仍然不足以完整描述那是個什麼樣的地方。

2　這個選項答非所問。「かわいい」是形容小巧玲瓏、可愛的人或事物，它讓人產生想要保護、擁有的感情。

攻略的要點　　　　　　　　　　　　　　　　　　　　**答案：2**

» 「いくつ」在這裡問的是年齡，而回答年齡的只有選項2「22歲です」（二十二歲）而已。

1　這是針對「何人家族ですか」（請問您家裡有幾個人呢？），或是「ご家族は何人ですか」（請問府上有多少人呢？）等問題的回答。

3　這是針對「日本に何年住んでいるんですか」（請問您在日本住多少年了呢？），或是「日本での生活は何年ですか」（請問您在日本生活多少年了呢？）等問題的回答。

攻略的要點　　　　　　　　　　　　　　　　　　　　**答案：2**

» 這裡要問的是「どこで」（在哪裡），因此以回答地點的選項2「あのレストランです」（在那家餐廳）最適當。「場所＋で」（在…）表示動作進行的場所。

1　由問句中的「とった」（拍了）可以知道照片已經拍了，而這個答句的「とりたい」（想拍）表示想拍照，也就是還沒有拍照的意思。不正確。

3　對於以疑問詞開頭的句子，不能以「はい／いいえ」（是／不是）來回答。

メモ

M：どの人が鈴木さんですか。
F：1．私の友だちです。
　　2．あの、青いシャツを着ている人です。
　　3．1年前に日本に来ました。

譯▶M：請問哪一位是鈴木先生呢？
　　F：1.是我的朋友。
　　　　2.那位穿著藍襯衫的人。
　　　　3.在一年前來到了日本。

メモ

M：いちばん好きな色は何ですか。
F：1．黄色です。
　　2．青いのです。
　　3．赤い花です。

譯▶M：你最喜歡什麼顏色呢？
　　F：1.黃色。
　　　　2.是藍色的。
　　　　3.紅色的花。

答案：2

» 由於問的是「どの人」（哪一個人），因此以描述人物外表的選項 2「あの、青いシャツを着ている人です」（那位穿著藍襯衫的人）最適當。

　　1　這句話是回答，例如「昨日、うちに鈴木さんが来ました」（昨天，鈴木小姐來我家了），「それは誰ですか」（那個人是誰？）的說法。

　　3　這句話是回答「いつ日本へ来ましたか」（什麼時候來日本的？）的說法。

答案：1

» 由於對方問的是「喜歡什麼顏色？」，因此以回答顏色的「黄色」（黃色）的選項 1 最適當。

　　2　由於「青いの」裡的「の」是省略了前面已經提過的名詞，也就是某個名詞的代稱。因此，應該用在比方「あなたの傘はどれですか」（你的傘是哪一把呢？）這類問句的回答。

　　3　這裡要問的不是「花」。

單字・慣用句・文法 黄色 (黃色)

メモ

F：もう晩ご飯を食べましたか。

M：1．いいえ、まだです。

　　2．はい、まだです。

　　3．いいえ、食べました。

譯 F：晚飯已經吃過了嗎？

　　M：1．不，還沒。

　　　　2．是的，還沒。

　　　　3．不，已經吃完了。

メモ

M：ご主人は何で会社に行きますか。

F：1．1時間です。

　　2．電車です。

　　3．毎日です。

譯 F：請問您先生是搭什麼交通工具去公司的呢？

　　M：1．一個小時。

　　　　2．搭電車。

　　　　3．每天。

攻略的要點

答案：**1**

» 由於問句的女士問的是「もう＋肯定」的疑問句，因此她想問的是「晚ご飯を食べる」（吃晚飯）這件事是否已經完成了。如果已經完成該行為了，應該回答「はい、(もう) 食べました」（是的，我〈已經〉吃過了）；如果還沒有完成，就要回答「いいえ、まだ食べていません」（不，我還沒吃），或「いいえ、まだです」（不，還沒）。正確答案是1。

2　這句話是當被問到「晚ご飯はまだ食べていませんか」(你還沒有吃晚餐嗎)的時候，表示「はい、まだ食べていません」（是的，我還沒吃）的意思。

3　這句話同樣是當被問到「晚ご飯はまだ食べていませんか」的時候，表示「いいえ、もう食べました」（不，我已經吃過了）的意思。

» 關於選項2與3，在回答否定疑問句時，日文和英文的回答邏輯是不一樣的。由於日文首先以「はい」或「いいえ」回答對方所說的話是否正確，因此對於否定疑問句的回答，會以「はい＋否定文」或「いいえ＋肯定文」的形式來表現。

攻略的要點

答案：**2**

» 這個問句的關鍵在「なにで」（搭什麼），問的是交通手段，因此以選項2「電車です」（搭電車）為最適當的答案。「名（交通工具）＋で」（搭乘…），表示交通手段和方法。

1　問句問的不是時間。

3　問句問的不是頻率。

單字・慣用句・文法　ご主人（您先生）
しゅじん

N5 常考分類單字

單位量詞

- □ …ページ　頁
  (計算書籍或筆記本等的頁數的量詞)

- □ …枚^{まい}　張、…條、…件
  (計算紙、手帕、襯衫等扁平而薄的東西的量詞。)

- □ …個^こ　個
  (計算大約可以拿在手上的小東西的量詞。)

- □ …台^{だい}　台、…輛、…架
  (計算機器、車子等的量詞。)

- □ …冊^{さつ}　本、…冊
  (計算書、筆記本和雜誌等的量詞。)

- □ …本^{ほん}／本^{ぼん}／本^{ぽん}
  瓶、…棵、…枝、…條
  (計算鉛筆、樹木、道路等尖而細長的東西。)

- □ …杯^{はい}／杯^{ばい}／杯^{ぱい}　杯
  (計算茶碗、杯子、湯匙等有幾個的量詞。)

- □ …匹^{ひき}／匹^{びき}／匹^{ぴき}
  隻、…條、…頭
  (計算獸類、魚、蟲、鳥等小動物的量詞。)

貨幣

- □ 1円^{いちえん}　1 日圓

- □ 5円^{ごえん}　5 日圓
- □ 10円^{じゅうえん}　10 日圓
- □ 50円^{ごじゅうえん}　50 日圓
- □ 100円^{ひゃくえん}　100 日圓
- □ 500円^{ごひゃくえん}　500 日圓
- □ 1000円^{せんえん}　1000 日圓
- □ 2000円^{にせんえん}　2000 日圓
- □ 5000円^{ごせんえん}　5000 日圓
- □ 1万円^{いちまんえん}　一萬日圓

時間

- □ 1時^{いちじ}　1 點
- □ 2時^{にじ}　2 點
- □ 3時^{さんじ}　3 點
- □ 4時^{よじ}　4 點
- □ 5時^{ごじ}　5 點
- □ 6時^{ろくじ}　6 點
- □ 7時^{しちじ}　7 點
- □ 8時^{はちじ}　8 點
- □ 9時^{くじ}　9 點
- □ 10時^{じゅうじ}　10 點
- □ 11時^{じゅういちじ}　11 點
- □ 12時^{じゅうにじ}　12 點
- □ 何時^{なんじ}　幾點

星期

- □ 日曜日^{にちようび}　星期日

☐ 月曜日 げつようび	星期一		☐ 7日 なのか	7 號
☐ 火曜日 かようび	星期二		☐ 8日 ようか	8 號
☐ 水曜日 すいようび	星期三		☐ 9日 ここのか	9 號
☐ 木曜日 もくようび	星期四		☐ 10日 とおか	10 號
☐ 金曜日 きんようび	星期五		☐ 14日 じゅうよっか	14 號
☐ 土曜日 どようび	星期六		☐ 20日 はつか	20 號
☐ 何曜日 なんようび	星期幾		☐ 24日 にじゅうよっか	24 號
			☐ 29日 にじゅうくにち	29 號
			☐ 何日 なんにち	幾號

月份

☐ 1月 いちがつ	1 月
☐ 2月 にがつ	2 月
☐ 3月 さんがつ	3 月
☐ 4月 しがつ	4 月
☐ 5月 ごがつ	5 月
☐ 6月 ろくがつ	6 月
☐ 7月 しちがつ	7 月
☐ 8月 はちがつ	8 月
☐ 9月 くがつ	9 月
☐ 10月 じゅうがつ	10 月
☐ 11月 じゅういちがつ	11 月
☐ 12月 じゅうにがつ	12 月

相對位置

☐ 上 うえ	上面
☐ 下 した	下面
☐ 前 まえ	前面
☐ 後ろ うし	後面
☐ 右 みぎ	右邊
☐ 左 ひだり	左邊
☐ 中 なか	裡面
☐ 外 そと	外面
☐ 間 あいだ	中間
☐ 隣 となり	隔壁

日期

☐ 1日 ついたち	1 號
☐ 2日 ふつか	2 號
☐ 3日 みっか	3 號
☐ 4日 よっか	4 號
☐ 5日 いつか	5 號
☐ 6日 むいか	6 號

場所

☐ 学校 がっこう	學校
☐ 病院 びょういん	醫院
☐ 郵便局 ゆうびんきょく	郵局
☐ 本屋 ほんや	書店
☐ 駐車場 ちゅうしゃじょう	停車場
☐ 図書館 としょかん	圖書館

□ 喫茶店	咖啡廳	□ 帽子	帽子
□ デパート	百貨公司	□ 靴	鞋子
□ ホテル	飯店	□ 下着	內衣
□ 銀行	銀行	□ ネクタイ	領帶
□ コンビニ	便利商店	□ ワイシャツ	襯衫
□ スーパー	超級市場	□ かばん	皮包
		□ マフラー	圍巾

■ 家族

□ 祖父	祖父
□ 祖母	祖母
□ 父	父親
□ 母	母親
□ 叔父	伯、叔、舅
□ 叔母	伯母、叔母、舅媽
□ 兄	哥哥
□ 姉	姊姊
□ 私	我
□ 弟	弟弟
□ 妹	妹妹
□ 夫	丈夫
□ 妻	妻子
□ 息子	兒子
□ 娘	女兒

■ 穿著

□ セーター	毛衣
□ ズボン	褲子
□ スカート	裙子
□ 背広	西裝

■ 動作

□ 走る	跑步
□ 休む	休息
□ 泳ぐ	游泳
□ 自転車に乗る	騎腳踏車
□ テニスをする	打網球
□ 体操をする	做體操
□ 歯を磨く	刷牙
□ お風呂に入る	洗澡
□ ご飯を食べる	吃飯
□ お花に水をやる	澆花
□ ご飯を作る	做菜
□ テーブルを きれいにする	整理桌子
□ 洗濯する	洗衣服
□ 掃除する	打掃
□ お皿を洗う	洗碗
□ お茶を飲む	喝茶
□ 歌を歌う	唱歌
□ タバコを吸う	抽煙

☐ 風邪で寝ている	感冒躺著
☐ 買い物をする	購物
☐ 仕事をする	工作
☐ 電話をかける	打電話
☐ 火を止めている	關火
☐ ゲームをする	打電動
☐ 家を出る	出門
☐ 釣りをする	釣魚
☐ 山を登る	爬山
☐ 散歩する	散步
☐ 写真を撮る	拍照

交通工具

☐ 車	車子
☐ 新幹線	新幹線
☐ 電車	電車
☐ バス	巴士
☐ タクシー	計程車
☐ パトカー	警車
☐ 消防車	消防車
☐ バイク	摩托車
☐ 自転車	腳踏車
☐ トラック	卡車
☐ 船	船
☐ フェリー	渡輪
☐ 飛行機	飛機
☐ ヘリコプター	直昇機
☐ ボート	小船

用品、配件

☐ 財布	錢包
☐ 鍵	鑰匙
☐ 腕時計	手錶
☐ 新聞	報紙
☐ かさ	傘
☐ コート	外套
☐ メガネ	眼鏡
☐ 手袋	手套
☐ かばん	皮包
☐ スーツケース	手提包
☐ ペン	原子筆
☐ 人形	洋娃娃

食品

☐ 肉	肉
☐ 魚	魚
☐ ケーキ	蛋糕
☐ チーズ	乳酪
☐ 牛乳	牛奶
☐ バター	牛油
☐ トマト	蕃茄
☐ 大根	白蘿蔔
☐ キュウリ	小黃瓜
☐ キャベツ	高麗菜
☐ バナナ	香蕉
☐ ミカン	橘子
☐ リンゴ	蘋果
☐ スイカ	西瓜

☐ レモン	檸檬	
☐ お酒	酒	
☐ お茶	茶	
☐ コーヒー	咖啡	
☐ ジュース	果汁	
☐ ビール	啤酒	
☐ 卵	蛋	
☐ パン	麵包	
☐ お菓子	零食	

形容詞

☐ 狭い	狹小的
☐ 広い	寬廣的
☐ 高い	昂貴的
☐ 安い	便宜的
☐ 遠い	遠的
☐ 近い	近的
☐ 古い	老舊的
☐ 新しい	新的
☐ 便利だ	方便的
☐ 不便だ	不方便
☐ 嫌いだ	討厭
☐ 好きだ	喜歡
☐ 大きい	大的
☐ 小さい	小的
☐ 寒い	寒冷的
☐ 暑い	暑熱的
☐ 賑やかだ	熱鬧的
☐ 静かだ	安靜的

☐ いい	好的
☐ わるい	不好的
☐ 冷たい	冷淡的
☐ 親切だ	親切的
☐ おもしろい	有趣的
☐ つまらない	無聊的
☐ 長い	長的
☐ 短い	短的
☐ 遅い	遲的
☐ 早い	早的
☐ 上手だ	擅長的
☐ 下手だ	不擅長的
☐ やさしい	容易的
☐ 難しい	困難的

天氣

☐ 晴れ	晴天
☐ 曇り	陰天
☐ 雨	雨
☐ 風	風
☐ 雪	雪
☐ 虹	彩虹
☐ 暑い	熱的
☐ 暖かい	暖和的
☐ 涼しい	涼快的
☐ 寒い	寒冷的
☐ 太陽	太陽
☐ 月	月亮
☐ 星	星星

地名

□ **大阪** _{おおさか}	大阪	□ **千葉** _{ちば}	千葉
□ **京都** _{きょうと}	京都	□ **青森** _{あおもり}	青森
□ **奈良** _{なら}	奈良	□ **北海道** _{ほっかいどう}	北海道
□ **東京** _{とうきょう}	東京	□ **沖縄** _{おきなわ}	沖縄

N5 單字集 　　　　　　　　　　　MEMO

□ _____ _____ 　 □ _____ _____

□ _____ _____ 　 □ _____ _____

□ _____ _____ 　 □ _____ _____

□ _____ _____ 　 □ _____ _____

□ _____ _____ 　 □ _____ _____

□ _____ _____ 　 □ _____ _____

□ _____ _____ 　 □ _____ _____

□ _____ _____ 　 □ _____ _____

□ _____ _____ 　 □ _____ _____

□ _____ _____ 　 □ _____ _____

□ _____ _____ 　 □ _____ _____

□ _____ _____ 　 □ _____ _____

絕對合格 22

絕對合格 全攻略！

新制日檢 N5 必背必出聽力 (25K)

———— MP3 + 朗讀 qr-code

發行人	林德勝
著者	吉松由美・西村惠子・田中陽子・ 山田社日檢題庫小組
出版發行	山田社文化事業有限公司
	地址　臺北市大安區安和路一段112巷17號7樓
	電話　02-2755-7622　02-2755-7628
	傳真　02-2700-1887
郵政劃撥	19867160號　大原文化事業有限公司
總經銷	聯合發行股份有限公司
	地址　新北市新店區寶橋路235巷6弄6號2樓
	電話　02-2917-8022
	傳真　02-2915-6275
印刷	上鎰數位科技印刷有限公司
法律顧問	林長振法律事務所　林長振律師
定價	新台幣310元
初版	2022年02月

朗讀QR-code